KB017536

마음과 엄마는
초록이었다

'엄마'를 부르는 마흔 편의 시,
마흔 편의 산문

오은 엮음

마음과 엄마는
초록이었다

난다

엮은이의 말

엄마, 하고 부를 때

2022년 10월 7일과 8일, 제1회 경기 시 축제 〈시경(詩京): 시가 있는 경기〉가 열립니다. 시경이라는 단어를 찾아보면 시경찰청을 뜻하는 시경(市警)이 가장 먼저 나옵니다. 중국 최고(最古)의 시집인 시경(詩經)이 두번째로 등장하고 시의 경지를 뜻하는 시경(詩境)이 그뒤를 잇습니다. 시가 있는 경기를 줄여 '시경'으로 부르기 시작했지만, 생각해보니 정기적으로 개최되는 시 축제가 없는 한국에서 연례행사로 시 축제를 선택한 것이 놀랍기만 합니다. 경기도가 '시의 수도'라고 불릴 만하다고, 시의 경지를 목도하는 데 이보다 더 어울리는 이름은 없다고 생각했습니다.

경기 시 축제에 걸맞게 경기도에 살고 있는 마흔 명의 시인들에게 '엄마'에 대한 시와 짧은 산문을 요청했습니다. '경기도에 이렇게 많은 시인이 살다니!' 경탄하면서도 전국에 흩어져 있을 엄마들을 떠올리며 가슴을 쓸어내리기도 했습니다. 한결같이 거기에 있어줄 것만 같은 엄마, 가장 가까우면서도 가깝다는 이유로 날 선 말을 던지게 되는 엄마, 잘 안다고 생각했지만 실은 그것이 오해였음을 뒤늦게 깨닫게 해주는 엄마…… 시들을 읽으며 엄마의 세계는 넓고도 깊음을, 높고도 짙음을 알 수 있었습니다. 엄마를 헤아리는 사이, 엄마가 된 시인도 있었습니다.

제1회 경기 시 축제의 키워드로 '엄마'를 정한 것은 우리의 시작에 엄마가 있어서이기도 하지만, 너무도 당연해서 제대로 살피지 못한 존재이기 때문이기도 합니다. 시는 무명씨에게 이름을 붙여주고 그의 사연을 톺아보는 데서 출발하기 때문입니다. 누군가는 나사못이나 피리를 보고 엄마를 떠올립니다. 또다른 누군가는 책과 책 사이에서 문장으로, 불꽃놀이와 심벌즈에서 불꽃으로, 소리로 나타난 엄마를 마주합니다. 엄마의 엄마인 할머니를 보면서 엄마의 삶을 그려보기도 합니다. 엄마와의 관계를 곱씹는 시간 속에서 엄마는 입을 갖게 됩니다. 도처에 있는 엄마들이 시편에서 이야기합니다. 힘듦을, 나이듦을, 모여듦을, 젖어듦을, 그리하여 물듦을. 신산하기만 한 '드는 일들'이 깃드는 일로 한데 모이게 됩니다.

제1회 경기 시 축제 〈시경(詩京): 시가 있는 경기〉의 슬로건은 "시는 만난다"입니다. 흔히 사람이 시를 만난다고 생각하지만, 살면서 뜻하지 않게 시를 마주치고 그 시가 삶을 어떤 식으로든 뒤흔들 때가 있습니다. 그때가 어쩌면 시가 만나는 순간이 아닐까, 거기가 어쩌면 시가 당도하는 자리가 아닐까 생각했습니다. 1년에 하루이틀쯤 시가 직접 만나러 가는 자리가 있어도 좋지 않겠어요? 우리가 엄마를 만나러 가는 것이 아닌, 엄마가 직접 말하고 만나는 자리를 만들고 싶었습니다. 그러니 "시는 만난다"는 말은 "엄마가 움직인다"라는 문장으로 바꿔 쓸 수 있을 것입니다.

책에 참여해주신 마흔 명의 시인들께 고개 숙여 고마움을 전합니다. 상상과 기획을 실행으로 옮겨주신 경기문화재단과 경기상상캠퍼스 담당자 여러분께도 각별한 마음을 건넵니다. 원고 청탁부터 편집, 디자인, 발간까지 발 벗고 나서준 출판사 난다가 아니었다면 이 시집은 빛을 보지 못했을 겁니다. 빛 뒤에는 빛이 늘 그림자처럼 남는다는 사실을 상기하며 살겠습니다. 엄마, 하고 부를 때 입안에 고이는 시금한 느낌을 잊지 않겠습니다. 고맙습니다.

2022년 가을

오은(시인 · 제1회 경기 시 축제 예술감독)

차례

권
민
경

2011년 동아일보 신춘문예를 통해 등단했다. 시집으로 『베개는 얼마나 많은 꿈을 견뎌냈나요』 『꿈을 꾸지 않기로 했고 그렇게 되었다』가 있다. 고양시에서 고양이와 함께 산다.

식물의 수도원

비가 많이 왔다 토사가 무너졌다
이때쯤 엄마들에게 연락이 오겠다
엄마란 원래 그런 거 아니냐며
편협하게 생각한다

엄마의 장래희망은 수녀
왜 결혼했는진 말하지 않았다
삶이 맘대로 되는 거라면
그런 거라면

엄마는 내가 얼마나 미웠을까
가여워하는 만큼 비슷한 강도로

흙이 무너진다

어리든 나이먹든 이왕이면 예쁨받고 싶은데
그게 맘대로 되는 거라면……

나는 젖을 일찍 떼고 요구르트를 먹고 자랐다
유산균이 날 키웠다고 말하고 다녔는데

수녀는 젖가슴으로 대표되지 않는다
밥짓기도 수녀의 일은 아니다 그저

서로를 학대하느라 시간 가는지 몰랐다

사람들은 화해로 대단원을 맺는 드라마를 좋아한다
파국을 맞으면 시청자 게시판으로 몰려간다

와글거리는 분노가 모녀 사이에 있다
열렬히 사랑하고 증오해서

나는 영영 수녀가 되지 않을 예정
엄마의 경험을 가진 한옥화씨가
으스대도 좋다

그러나 버섯은 식물이 아니다

식물마다 적당한 습도가 다른 것처럼 어떤 사람은 탐욕스럽게 더 많은 애정을 요구한다.

식물들도 서로 안 맞는 성질의 것들을 가까이 두면 서로 기싸움을 한다는데.

아이들은 식물처럼 자란다. 쑥쑥 잘 자라는 아이도 까다롭게 시드는 아이도 있다. 태생인데 누구를 탓하겠느냐마는, 기왕이면 잘 시들지 않는다면 좋았을 텐데.

병든 몸보다 이상한 마음을 물려받은 게 억울하다.

하지만 우리가 뭘 어쩌겠어요. 먼 조상 때부터 내려와 어느 순간 발현될지 모르는 나쁜 피를 어찌 제어하겠어요.

엄마는 가장 가까이서 이런저런 꼴을 지켜봐야 하니, 그것참, 쌍방에게 몹쓸 짓이다. 서로가 오롯이 남인 것을 인식하는 것, 그게 서로를 이해하는 방식.

온갖 몹쓸 감정 사이에서 우리는 버섯처럼 자랐다. 그러나 버섯은 식물이 아니다.

김경인

2001년 『문예중앙』을 통해 등단했다. 시집으로 『한밤의 퀼트』 『얘들아, 모든 이름을 사랑해』 『일부러 틀리게 진심으로』가 있다. 형평문학상을 수상했다.

마트료시카

알 것 같아
걸어온 길을 가닥가닥 풀어
천만 번 접었다 펼치다가
온몸이 주름이 된 노파를

누군가의 발자국이 가득한 길을 삼키다가
온통 구멍 뚫린
거무스레한 돌,
그런 소녀도,

요람 안에서
약에 취한 문장을 안아주는
또 그런 여자도 알 것만 같아.

엄마는 작은 심장을 닮은 초록빛
아이비 넝쿨 위 두근거리는 물방울?
엄마는 세상에서 제일 환한 촛불?
엄마는 푸른 이니셜 새긴 트렁크?

—그런 엄마 말고는,

다 알 것 같아.

말해줄게,
나는
꼭꼭 삼킨 길을 꺼내 두드려
엄마가 펼쳐놓은 가장 부드러운 피륙 한 필

엄마는
내가 사랑하는 커다란 바늘
평생을 갈아 나를 한땀 한땀 꿰매는

내가 아는 엄마는
부드러운 달의 손가락이 아니라
어둠을 꼭 쥔 태양의 흑점
가장 센 슬픔으로 세계를 산산이 조각내지

나를 열면 늘어선 나의 귀여운 마트료시카 엄마들,
음, 그건 사실 오래된 거짓말.

말해줄게,

내가 아는
또다른 엄마는
위생학의 열렬한 신자

꿈꾸는 새의 깃털을 산 채로 뽑아서
잠 위에 한 올 두 올 내려앉은
다정한 꿈의 먼지들, 바닥날 때까지 꼼꼼히 털어낸다네

사실, 엄마는
내 지겨운 공장장
엄마가 만들어준 옷에 꼭 맞는
어여쁜 인형을 만들어
나 대신 진열한
솜씨 좋은 숙련공

엄마, 엄마, 엄마
나는 거듭거듭 태어나서
한 번도 사라지지 못했네

내 안에서 겹겹이 숨쉬는 마트료시카 엄마들,

철창 안 표정 없는
동물 같은.

엄마, 나의 마트료시카

엄마는 내게 엄청난 두께의 텍스트이다. 무엇을 메모하고 받아써야 할 것이며, 무엇을 검은 빗금으로 지워야 할지 도통 알 수 없는 문제집 같다. 엄마— 부르면, 떠오르는 몇 개의 풍경이 있다. 그 풍경에 나는 여전히 엄마가 필요한 어린아이로 짙게 음각되어 있지만, 그것은 이미 아득히 오래전에 넘겨진 페이지에 불과하다.

엄마는 내가 아는 가장 순한 모국어이다. 이응과 미음, 이렇게 연하고도 어여쁜 소리로 이루어진 단어는 많지 않다. 접시 위에서 몽글몽글하게 흔들리는 두부나, 누군가의 쉼터에 드리운 하얀 구름처럼 뭉클해지는 말이다. 그러나 또한 엄마라는 말은 얼마나 무거운가. 간간 '엄마'에 붙은 여러 아름다운 수식들은 내게는 게임의 마지막 관문에 등장하는 좀처럼 깨기 힘든 현란한 괴물들처럼 느껴진다.

엄마가 된 지도 20년이 넘었다. 이토록 무거운, 무서운 '엄마-되기'에 계속 실패하면서 말이다. 내가 바라본 나의 엄마가 그러하듯이, 나의 엄마라는 이름 안에는 여러 개의 낯선 내가 들어 있다. 그중 몇 명은 웃음 띤 얼굴로 아무렇지도 않게 악행을 저질러왔다. 엄마라는 이름은 얼마나 많은 겹을 품고 있는 인형일까, 엄마가 되기 위해서 나는 또 몇 겹의 표정을 내 안에 감추어야 할까.

김경후

1998년 『현대문학』을 통해 등단했다. 시집으로 『열두 겹의 자정』 『오르간, 파이프, 선인장』 『울려고 일어난 겁니다』가 있다.

크로마키

잠 깨지 않았으면 좋겠습니다

우리는 침을 발라
서로의 가슴에 깃털을 붙여줍니다

흩어진 구름으로 짠 십자가는
우리의 집입니다

진짜 푸르고 힘찬 하늘 아닙니까

누군가 우리 곁을 지나가며 말합니다
거짓말 좀 하지 마

당신은 겨울을 싫어하고 난 여름을 싫어하지만
우리의 생일은 같습니다

컷, 아냐,
누군가 소리를 지르지만
한껏 꿈꾸고
한껏 잠자면

우리로 태어나지 않은 내일 아침일 것만 같습니다

그게 대체 무슨 말이야
누군가 쏘아붙이지만

바다 위를 노을 위를 보름달 위를
우리는 날고 있는 게 분명해요
추락한다면 또다시 떨어진 깃털에 침을 발라
서로의 가슴에 붙여주지요

다시 텅 빈 날개를 펄럭이면 될 것 같습니다
진짜 날씨 좋지 않습니까

엄마와 심장과 물고기

어디선가 들은 적이 있다. 시는 말할 수 없는 것을 말하고, 보이지 않는 비밀을 보여주는 것이라고. 정확히 무슨 뜻인지는 모르지만, 멋졌다. 그 멋진 말을 듣고 더욱 시가 쓰고 싶었지만 그래서 더욱 내가 말할 수 없고 보여줄 수 없는 것이 무엇인지 확연하게 느꼈다. 엄마와 심장과 물고기에 대해선 난 절대 쓸 수 없을 것이다. 이렇게 미리 쓰지 못할 것을 접고 들어갔기 때문에 제대로 글을 쓰지 못했을지도 모른다. 그래도 쓸 수 없는 것을 쓰는 척할 수는 없다.

깊이가 다른 차원으로 가거나 한계를 뛰어넘는다면 엄마와 심장과 물고기에 대해 쓸 수 있을 것이다. 동시에 깊이가 다른 차원으로 가거나 한계를 뛰어넘는 것이 글을 쓰는 일이기도 하다. 결국 내가 어디까지 쓸 수 있는지의 문제다. 그것이 엄마일 것이다.

김기형

2017년 동아일보 신춘문예를 통해 등단했다. 시집으로 『저녁은 넓고 조용해 왜 노래를 부르지 않니』가 있다.

이제 구름을 타세요

빗소리 같은 이름을 붙인 것이다

태어나는 얼굴에 획을 추가하고 짐승의 네 발을 덧붙여서 여러 날 여러 곳에 계속하여 내보낼 때

기울어진 곳으로, 기운 자들이 돌아오는 곳으로

흘러가는 것이 아니라 모여드는 것이다

지상에서는 빗소리를 들으며 슬픔을 배우고 빗소리를 들으며 극복한 자들이 곤한 잠을 자고 있다

곤한 잠을 지키는 영원한 발이 맥박처럼 깨어나 중력을 보존하겠다는 맹세를 한다

작은 하나의 집에서

하나의 맹세가 구름처럼 비를 몰고 다닌다

있고 없는 출몰의 일

커다래진 열매

동시에 뜨거워지는 나무

엄마는 제 엄마를 잃고도 꿋꿋하게 엄마가 되려고 한다
캄캄해진 얼굴 앞에서
'눈을 뜰 거 같아!'
소리쳐놓고는, 돌아오지 않는 사람을 봐놓고는

자신의 힘으로 걸어 닫은 문을
물속에 잠긴 조약돌처럼 쌓은 마음을
힘껏 소리를 내며 연다

처음의 시간은 터지기 직전의 표정
피로 이어붙인 행렬로
새벽 골목길이 좁다

빗소리가 크다
하나의 집이
파도처럼 하얗다

캄캄하고 아름다운

불 속에 앉아서는 온도를 알 수가 없구나. 엄마의 찬란과 어둠이 아주 작게, 이 시 위로 개미처럼 지나간다. 슬픔으로 엄마를 말하면 그것은 엄마에게 죄이므로. 내 엄마의 경이로움이 나에게는 매일의 수혈이었으므로. 이다음에 내 노트 위로 엄마의 일기장 한 줄을 불러낼 수 있을까? 그러나 다시는 쓰지 않아요.

새까만 밤까지 나무를 바라보던 엄마, 내 이름을 부르던 엄마, 무섭게 슬퍼하던 엄마, 별 같은 엄마를 떠올렸지만, 고요하고 무한한 그 눈빛을 하나도 소환하지 못했네. 비에 젖은 나만 보여주고 끝이 났어요. 엄마와 수십 년을 살았는데 투명한 유리창은 어디 없고, 이불 속에 꽁꽁 숨은 내 얼굴만 울고 있어요. 맨처음인 엄마. 그녀는 자꾸 발이 빠지네.

엄마, 우리가 낳은 얼굴 한가운데로 천천히 뒤 없이 걸어가.

엄마의 태몽은 흑범. 할머니의 꿈속으로 등장한 '엄마의 처음 얼굴'은 캄캄하고 윤기가 흐르는 너무나도 아름다운 흑범.

김명리

1983년 『현대문학』을 통해 등단했다. 시집으로 『물 속의 아틀라스』 『물보다 낮은 집』 『적멸의 즐거움』 『불멸의 샘이 여기 있다』 『제비꽃 꽃잎 속』 『바람 불고 고요한』이 있다.

엄마, 휘몰아치는 저 한 점 분홍

가없이 맑은 바람이
사람의 집 뒷숲에서 청대 쓸리는 소리를 낸다

여름새벽 다섯시 경이면
어김없이 깨어나 갖은 소리로 우는 새들
새들은 제 이름을 부르며 운다*고 했으나
저 새들은 분명
어디 숨어 있었는가 싶었던
미명 속 자잘한 초록붙이들에
제 이름 하염없이 문대며 우는 게 아닌지 몰라

수런거리는 새의 깃털이며
지워지는 중인 새들의 이름이

멀어질 대로 멀어진 나의 어머니
당신의 안부가 휘몰아치는 한 점 분홍으로 얹힌

올해의 자귀나무 꽃도 먼먼 곳으로 떠날 채비

* 『산해경』에서.

가을빛이 쌓이는 오후

"어머니여, 어찌하여 나를 저 나무의 우듬지나
저 구름 속에서 태어나게 하지 않으셨나요."

—히시야마 슈조의 시 「어머님께 바치다」 중에서

시퍼런 초록숲 사이 끈질기게 울던 매미소리가 뚝 그쳤다. 히시야마 슈조의 시 「어머님께 바치다」의 일절을 떠올리고 있는데 문득 탁, 악, 하는 소리를 들은 것 같다. 멧새들 한꺼번에 푸드덕 날아오르는 것 보니 내 집에 잇댄 골짜기의 나무들 중 제법 굵은 자귀나무 한 가지가 절로 부러지는 소리였음을 알겠다.

엄마 떠나신 지 네 해가 흘렀다. 2009년 봄 뇌경색으로 쓰러지신 뒤 종내는 혈관성 치매와 위암, 패혈증까지 겹쳐 일곱 군데 병원을 전전하시다가 집에서 멀지 않은 요양병원 준중환자실에서 끝내 숨을 거두시고야 말았다. 중증의 치매를 앓으시기는 했어도 돌아가시기 전날까지도 자식들만은 또렷이 알아보시던 엄마, 병실에서 머리 감겨드리고 물 버리고 돌아오는 잠시잠깐 사이에도 밥은 많이 먹었냐, 밥은 많이 먹었느냐고 끝없이 되묻곤 하시던 엄마셨다.

어떤 나무는 쓰러질 때 십 리 밖에서도 들릴 정도의 비명소리를 낸다고 했던가. 창을 열고 내다보니 바람 한 점 없는 청명한 하늘 아래 자귀나무 한 가지의 물관부, 체관부가 쩍 벌어져 있다. 헐떡이는 지친 초록을 목도리처럼 감고 선 누적된 그리움의 채 떨어지지 않은 딱정이들 위로 작디작은 벌레들의 허물처럼 가을빛이 쌓이는 오후다.

김
상
혁

2009년 『세계의 문학』을 통해 등단했다. 시집으로 『이 집에서 슬픔은 안 된다』 『다만 이야기가 남았네』 『슬픔 비슷한 것은 눈물이 되지 않는 시간』이 있다.

드라마

이 글을 쓰기 사흘 전
어머니는 화장실 문 앞에서 넘어졌고
엉덩이뼈가 부서졌다.

이 글을 쓰기 한 달 전에
그는 홈쇼핑채널로 스노 체인을 주문했다.
장마에 여름이었고, 자동차 바퀴에 맞지도 않았다.

이유는 확실치 않지만 3년 전 갑자기
이제 혼자 지내겠다며 어머니가 작은 방을 얻으러 다닐 때
나는 실직해서 직장을 구하는 중이었으므로 정신이 없었다.
그저 그가 제풀에 지치기를 바랄 수밖에 없었다.

이 글을 쓰기 10년 전 내 결혼생활이 파탄 나고 집으로 돌아왔을 때였다.
일이 잘못된 것은 당신이 일찍 이혼한 탓이라며
사람이란 그렇게 자라면 결국 그렇게 된다면서
비운의 주인공처럼 어머니는 슬펐다.

어머니에게 남자가 아주 없었던 것은 아니었다.

전해 들었을 뿐이지만 소싯적 알고 지냈던 고향 남자가 어머니를 부른 적이 있다.

깜깜한 밤 호텔 커피숍에 앉아 안절부절못하던 엄마 모습은 내가 직접 본 장면처럼 선명하게 그려진다.

너무 오래전 이야기를 꺼내는 것은 아닌가 싶지만
아빠 없는 집 아들은 남들보다 세 배 네 배 더 착해야 한다며
나는 머리가 꽤 커서도 아무데서나 매를 맞았다.

어느 봄, 엄청난 폭우였는데 그가 문득 우산을 버리더니 비를 맞아보자 했다.

어느 가을, 집에만 있는데 무슨 재미로 살아? 그에게 물었더니 몸은 늙었는데 마음이 늙지 않아서 이상하다는 대답을 들었다.

40년이 더 된 일이지만 그때 엄마와 잘 지냈던 것 같다.

여기까지 읽어서는 알 수 없을 것이다.

엉덩이뼈 부서져 죽어가는 어머니를 내가 어떤 마음으로 보내는 중인지
그를 어떻게 생각하고 있는지 누구도 알기 어렵다.

하지만 내 생각이 중요한 것은 아니다. 이 글을 쓰기 오래전
부터

어머니는 비극처럼 아들과,

자신과, 과거라는 시간을 섬기고 있다.

남편과 자식

아버지와 어머니가 헤어진 이유를 얼마 전에 알았다. 예전에는, 아버지가 친구를 너무 좋아해서 집에 잘 안 들어왔다거나, 어머니가 아파도 약 한 번 안 지어다주는 무정한 남편이었다거나 하는 말만 대충 듣고 자랐다. 그런데 다른 사정이 있었던 거다. 부잣집 처가에 손 벌리며 살지 않으리라 결심한 아버지는 결혼하고 얼마 지나지 않아 중동으로 파견 근로를 나가게 된다. 그렇게 2년 정도 매달 아버지는 한국으로 돈을 보냈고, 어머니는 그 돈을, 좋은 투자처가 있으니 목돈을 만들어주겠다던 자기 아버지(나의 외할아버지)한테 맡겼다가 몽땅 날렸다. 부자 장인에겐 별것 아닌 액수였기에 아버지는 나중에 원금을 돌려받게 되지만, 할아버지가 '그까짓 액수'라며 어렵지 않게 돌려줘버린 그 돈을 받아들고 아버지는 어머니와 헤어졌다. 결혼하겠다고 찾아갔더니 '너 같은 가난한 새끼' 사위로 들일 일은 없을 거라며 아버지 얼굴 한 번을 안 쳐다봤다던 할아버지였다. (참고로 '너 같은 가난한 새끼'라는 표현은 할아버지와 어머니 증언에서 인용하였다.)

어머니와 어떤 관계로 만났다면 정답게 지낼 수 있었을까 생각해본다. 내가 어머니의 형제로 태어났다면 사이가 괜찮았을까? 부부로 만났다면 서로 잘 견디며 지냈을까? 어머니 같은 친할머니 혹은 외할머니를 두는 건 어떨까? 지금과 별반 다르지 않았을 듯하다. 하지만 할아버지는 어머니를 아꼈다. 자주 혀를 차긴 했어도 할머니 역시 어머니를 좋아했던 것 같다. 부모라면 그 어떤 자식도 애정으로 키울 것이다. 그러니 어머니가 만일 내 아이였다면, 나도 그를 대하기가 훨씬 수월했을 것이다. 어머니가 이런 나를 자식이라서 참아주는 것처럼.

김승일

2007년 『서정시학』을 통해 등단했다. 시집으로 『프로메테우스』 『나는 미로와 미로의 키스』가 있다.

폭우를 낭독하는 엄마

——엄마의 책

지하에 차오르는 빗물을 얼마나 퍼냈을까
바닥부터 퍼내야 하는 사람에게는 책조차 없다는 걸 시처럼 써놓고
엄마가 너에게로 잠깐 떠내려가는 밤이야
어루만질 수도 없었던 일백십오 년 만의 폭우였잖니 섬세한 손가락들은 휩쓸려내려갔어 바닥으로 바닥으로 모여든 말들을 뒤늦게 건져올리고 쏟아져들어오는 빗물의 얼굴들을 보는 물살

한 장 한 장 넘길 수 없는 책들이 빗물에 풀어지고 있을 때
엄마는 계단에서 울었어 도망이 유행처럼 번지고 있었을 때도
물먹은 것들을 죄다 끌어안고 있는 계단과
주저앉아 무릎이 펴지지 않는 계단에서
어둠을 타고 내려와 조명에 고이는 빗물들을 셌어

엄마에겐 책밖에 없었잖아 마른걸레로 닦아낼 수 있었던 잠시 잠깐
꿇어앉아 다른 세계를 꿈꾸기는 했었나 엄마에겐 끈과 박스들도 있었지만
굴절된 손가락뿐 옮겨야 했던 것은 책들이었는데

오지 마 여기에 오지 말고 너의 햇살 속으로 가
우리집은 왜 이렇게 구부러진 것들로 가득하니
물속에서 온전하게 잠든 제자리의 얼굴 같은 눈물들
모든 힘을 썼는데
이미 구원을 이루었는데
전화벨이 울렸어 아들아
엄마의 모든 것들을 다시
다른 곳으로 옮겨야만 한다고, 약속은 돈에 깨지고
어디서부터 이 모든 정적들을 끄집어올려야 하니
지상에서 지하로 비가 그치지 않는 밤이구나
타인들이 던진 불붙은 절망들이 하수구에 자꾸 떨어지고 있어
손을 깊이깊이 넣어야 해 온갖 후회들을 끄집어내야 해 그런데 아들아
우리집은 왜 이렇게 아래로 아래로만 내려가는 오래된 엘리베이터니
덜컹 하고 고장이 나면,
엄마가 도착한 그곳을 무어라고 불러야 할까 이렇게나 밑으로 내려왔는데 여기도 허공인가 대롱대롱 엄마는 공중에 묶인 엄마의 희망 너의 엄마야 아들아

책이 마르면 다시 읽을 수 있을까 한 장 한 장 떼어내느라 붉어진 책을 가지고 엄마의 언덕으로

다시 올라갈 수 있을까

작디작은 것들을 어루만질 수 있는 손가락이 있었어 햇살 같은

책들 속으로 들어가고 싶었던 거야 엄마의 손끝으로 사랑이여 사랑이여

읽었던 데를 찾을 때까지,

엄마가 못 가본 나라의 백야처럼

엄마는, 엄마의 책을 덮지 않을 거야

책과 책이 사이좋게 기대어 쓰러지는 방법을 알 때까지,

책과 책이 사이좋게 기대어 일어나는 방법을 얻어낼 때까지,

책들의 목소리가 물속에 잠기지 않았으면 좋겠어

엄마의 지시대명사

얼마 전 갑상선을 통째로 들어내어버린 엄마가 햇빛 속에서 미농지처럼 반투명해져 있었다. 툭툭 끊어지는 머리칼처럼 가늘어진 엄마. 그러나 그믐달이 초승달이 될 때까지 마음속에 괄호를 품고 있는 엄마. 나는 그런 엄마에게 간곡하게 물어보았다. 엄마는, 꼭 가보고 싶은 곳이 어디야? 어디선가 불어오는 바람처럼, 지시대명사와 만났다. 오랜 시간 엄마의 지시대명사는 나의 마음 한가운데 내리는 닻이었고, 저 멀리 당신이 닿고 싶은 곳을 향해 펼치는 돛이었다. 대화를 나눌 때마다 우리는 한 배에 타고 있는 것 같았다. 함께 흔들렸다. 우리를 나아가게 하는 파도는 서로의 남은 시간들을 아끼는 목소리, 목소리. "저기에 있잖아. 저기에 가고 싶어." 그리고 엄마는 한동안 말이 없었다. 말을 찾기 위해서 햇빛 가운데라든가, 햇빛의 언저리를 쓸쓸하게 응시하고 있었다. 그리고 끝끝내 말이 없었다. 엄마는 자꾸 어디에 닿고 싶어, 상상하고 있는지도 모르겠다. 거기가 어딘지 어떤 모습인지, 말을 고르고 있는 중일까. 가장 아름다운 곳에 도착하기 위해서 지금 여기의 너머를 상상하고, 가장 적확한 단어를 찾기 위해서 복잡한 내면을 헤아리고 있는 것일까. 그런 엄마가 요즘 자꾸 똑같은 말을 반복하고 있었다. "나…… 사는 게 재미없어……" 나는 더 간절한 마음이 되어 똑같은 질문을 하고 있었다. 엄마가 꼭 가보고 싶은 맛집은 어디야? 엄마, 오늘의 기분은 어때? 엄마, 오늘 나랑 어디 좀 다녀올까? 어렸을 때 엄마랑 만들어 함께 가지고 놀던 종이컵 전화의 떨림처럼 엄마의 짤막한 대답들이 나의 심장 속으로 전해져왔다. 지시대명사가 사라지고 있었다. 엄마의 대답에서.

김연아

2008년 『현대시학』을 통해 등단했다. 시집으로 『달의 기식자』가 있다.

피의 속삭임

나는 세상에서 잊혔다.
내가 그토록 많은 시간을 보낸 세상에서.
사람들은 생각하리라, 내가 죽었다고.*

신들과 광인을 품고
내 안에 살고 있는 세입자
그녀의 목소리를 나는 듣는다

죽은 자를 먹고
위험한 경계에 서서 나를 창조하는
나의 혼돈,
별들의 보라색 허벅지 사이에
발전기를 가진 여자

달의 시간이 흘린 눈물 한 방울,
그녀는 흐르는 모든 것을 사랑했다

우리를 이곳으로 데려오는

* 구스타프 말러 가곡.

시작이 없는 출발점을
피와 담즙
떠내려가는 거품과 정액을

피안의 이미지를
외설의 황홀함과 결합시키는
편집광의 지혜를 사랑했다

내가 살아온 것이 사실일까, 상상한 것일까?
그 순간을 만져볼 수 있을까?
그녀의 비밀스런 시간이 울려퍼지는 심연을

그늘진 구석을 좋아하고
다른 세계에 이르고자 작은 비명을 지르는 밤에
사라진 목소리들이 울리는 밤에

나는 죽은 자들 사이로 몸을 던진다
그녀와 나 사이에 경계면이 남지 않을 때까지
어둠이 가득한 입속에
환각이 녹아내릴 때까지

살아남은 자의 슬픔으로

엄마는 강보로 감싼 아기를 안고 아버지는 삽을 들고 대문을 나선다. 그것은 네 살 무렵 나의 첫 기억이다. 그 아기는 태어난 지 보름 만에 죽은 동생이라 했다. 불을 끄고 누우면, 방안은 무덤 속 같았다. 나는 밤마다 같은 꿈을 꾸곤 했는데, 어둑신한 골목길, 머리끝에서 발끝까지 검은 망토를 걸친 남자가 나를 가로막고 망토를 펼쳤다. 한숨을 자고 일어난 엄마는 여전히 불을 켠 채로 무릎을 껴안고 있는 나를 보았다. "엄마, 나 죽으면 흙속에 묻지 마. 숨도 못 쉬고 눈도 못 뜨고……" "너는 아무래도 백여시가 둔갑해서 태어났나보다……"

열두 살 무렵 아버지가 집을 떠난 후 나의 유년은 끝이 났다. 엄마의 우울증은 나날이 깊어지고, 나는 버려진 고아 같았다. 밤마다 일기장에 수신인 없는 편지를 썼다. 내 마음을 나처럼 알아줄 사람을 만들어야 했다. 긴 편지를 쓰고 잠든 아침이면 엄마는 나 몰래 그 편지들을 읽었다. 엄마는 나의 첫 독자였다. 나의 주시자였다. 살아남은 자의 슬픔으로 나는 편지 속에서 둔갑을 하고 엄마는 나의 둔갑을 지켜보았다. 여전히 나에게 무관심을 가장한 채로.

문보영

2016년 중앙신인문학상을 통해 등단했다.
시집으로 『책기둥』 『배틀그라운드』가 있다.

펑크

리스본 대지진으로
무너진 카르무 수도원은 여전히 그 모습이다
벽과 기둥만 남았다
사람들은 수도원의 무너진 모습을 보러 온다지만
무너졌는데 회복하지 않아서 유명해졌다고 해야 옳을 것이다
400년째 회복되지 않는 중인 돌기둥과
400년째 회복되지 않는 중인 예수님과
400년째 회복되지 않는 중인 들판과
400년째 회복되지 않는 중인 고양이와
400년째 회복되지 않는 중인 엄마
천장이 뻥 뚫렸으므로
고개를 젖히면 하늘이 보인다
기도하면 비를 맞는다
야외에는 앉아서 쉴 수 있는 돌계단도 있으며
누노라는 이름의 고양이도 산다
모든 게 납득의 문제이다

몰로코후

뇌이쉬르마른은 며칠 전, 이름을 적으면 이상한 이름을 지어주는 웹사이트를 발견했다. '진단하려는 이름을 입력해주세요.' 뇌이쉬르마른은 빈칸에 자신의 이름과 친구들의 이름을 차례로 입력했다.

뇌이쉬르마른을 적으니 둠로드라는 이름이 나왔다

이신애라고 적으니 레레라는 이름이 나왔다

김승일이라고 적으니 사기쿠라는 이름이 나왔다

정소영이라고 적으니 촙이라는 이름이 나왔다

엄마라고 적으니 몰로코후라는 이름이 나왔다

그 이후, 뇌이쉬르마른은 자신의 소설에 나오는 인물들에게 모두 몰로코후라는 이름을 붙였다. 몰로코후의 굴에서 몰로코후를 기다리는 몰로코후에 관한 이야기였다. 몰로코후는 바람이 거세어지는 소리를 들으며 낡은 모자를 수선했다. 모래 폭풍이 다가오고 있었다. 바람에 기왓장 하나가 떨어졌다. 벽지가 뜯어지며 부스러기를 남겼다. 모래 폭풍과 함께 또하나의 몰로코후가 나타날 것임을 몰로코후는 알았다.

문
성
해

1998년 매일신문 신춘문예, 2003년 경향신문 신춘문예를 통해 등단했다. 시집으로 『자라』 『아주 친근한 소용돌이』 『입술을 건너간 이름』 『밥이나 한번 먹자고 할 때』 『내가 모르는 한 사람』이 있다.

나사는 나사를 낳고

나사못 한 개를 주워들고
있던 데를 찾아보는데
내 다리가 헐거워지네
내 어깨가 삐그덕거리네

나사못이 떨어져 있다는 건
어딘가 헐렁해졌다는 것
무언가 풀려났다는 것

어느 골목에 나사를 흘려놓고
엄마는 삐그덕거리네
서너 걸음 걷다가 주저앉네

나는 떨어져나온 나사
여전히 반짝이고
여전히 뾰족하네

세상에서 가장 슬픈 관절 인형인 엄마가
골목에 기대어 기우뚱 기우뚱 걷네
걸음을 버리고

춤을 만드네

나는 돌아갈 데가 없는 나사
세상에서 가장 무겁고 붉은 녹을 껴입네

엄마의 춤

엄마는 외할머니를 닮아 허리가 꼿꼿했다. 외할머니는 그 꼿꼿한 허리에 장구를 메고 덩실덩실 춤을 잘 추셨다. 외할머니의 흥을 물려받으셨다면 엄마도 응당 막걸리 한잔 걸치고 정자나무 아래 세월 같은 거 잊고 걸판지게 놀다 해 뉘엿해지면 어둑한 마당으로 비틀거리며 돌아오셨을 테지만 엄마는 외할머니의 허리 말고는 아무것도 닮은 게 없어 보였다. 그런 엄마의 허리가 어느 날 보니 조금 휘어져 있었다. 그러더니 무릎도 발도 조금씩 엄마의 몸을 벗어나 자라처럼 안으로 말리어갔다. 평생을 노동의 도구로 살아왔던 그것들이 이제는 노동에서 벗어나 자기들만의 세계로 들어가고 있는 것 같았다. 몸에서 몸이 아닌 곳으로 달아나는 중인 관절들은 삐거덕거리고 너풀거리고 우두둑거린다. 그것들은 걸음이 아니라 너울너울 춤을 만든다. 아무것이나 붙잡고 비틀거리며 주저앉게 만든다. 그 옛날 꼿꼿한 허리로 장구를 맨 채 마을을 돌던 외할머니의 흥을 엄마는 이제야 물려받으신 것인가. 그런 엄마의 춤은 즐거움보다는 슬픔을 준다. 뼛속의 근력이 다 빠져나간 뒤의 마지못한 춤은 허공보다는 땅에 가까운 춤이다. 주저앉기 직전의 춤, 저녁의 매장에서 저 혼자 시브적 시브적, 보는 이 없이 너울거리는 바람인형의 춤이다.

그런 엄마를 오늘 시장 입구에서 본다. 양손에 검은 비닐봉지를 든 엄마가 기우뚱 기우뚱 비명에 가까운 춤을 출 때 목구멍 속에서 또 스멀스멀 사나운 목소리가 튀어나왔다.

"엄마, 그러게 작년에 수술 좀 하자고 그랬잖아. 그깟 수술비 얼마나 한다고!"

서효인

2006년 『시인세계』를 통해 등단했다. 시집으로 『소년 파르티잔 행동 지침』 『백 년 동안의 세계대전』 『여수』 『나는 나를 사랑해서 나를 혐오하고』 『거기에는 없다』가 있다. 김수영문학상, 천상병시문학상, 대산문학상을 수상했다. 작란(作亂) 동인이다.

센터에서 생긴 일

학원이 아닌 센터 대기실에서 생긴 일이라고 아이 엄마가 말해주었다. 학원이 아닌 센터는 발달장애 혹은 발달지연 아이들이 다니는 학원이다. 학원은 공부하러 모이는 곳이겠지만 센터는 별 뜻 없이 그저 센터다. 주민센터. 서비스센터. 위기대응센터. 여기는 언어발달센터이고, 여기에 둘째를 맡기고 첫째와 대기실에 나란히 앉아 있던 엄마가 있다. 엄마는 다른 엄마들 보는 사이에 첫째와 말다툼했다. 엄마 물 좀 떠다줘, 안 해 네가 떠와, 아니 엄마가 떠와, 아니 스스로 해, 엄마는 나한테 해준 것도 없이 물도 못 줘, 엄마가 네 심부름꾼이니 네가 해, 엄마는 돈도 안 벌고 집에만 있으면서 것두 못해, 엄마가 집에서 노니 너희 돌보잖아, 돌보는데 왜 물은 안 줘, 엄마 바빠, 엄마가 뭐 바빠 일은 아빠가 하는데, 너 핸드폰 이리 내, 핸드폰 아빠가 사준건데 엄마가 뭔데, 엄마가 뭐냐고? 그래 엄마가 뭔데, 엄마가 뭘까, 엄마가 무언지 나도 모르겠다. 엄마는 울면서 말을 잇었다. 점점 더 아이는 토끼처럼 또박또박 시원하게 말하고 엄마는 거북처럼 더듬더듬 답답하게 말한다. 어어어엄마마마가 무무무무어어얼까, 나나나나도모모몰라, 너너너느는 꼬꼬꼬꼭 느이 아아아빠랑 또또똑같이 마마말하네에? 언어발달센터 거북이반 교실의 문이 열리고 그녀의 둘째가 느리게 나와 신발을 구겨 신는다. 덜 닫힌 문 사이로 엄마가 들어가 거북목을 하고 얌

전혀 착석한다.

그들이 센터에 있음에도 불구하고

어쩌다 일을 하지 않는 날과 맞으면 첫째 아이가 다니는 센터에 가서 아이의 수업이 끝나길 기다린다. 대기실에는 아이를 기다리는 엄마들이 있다. 센터는 학원과 다르다. 선행학습을 하거나 내신 성적을 올리기 위해 모이는 곳이 아니다. 발음을 정확하게 하고, 긴 문장을 말하게 하고, 대화를 주고받게끔 하려 다니는 곳이다. 혹은 손가락으로 작은 것들은 집어내고 오래 걸을 수 있는 자세를 갖추며 좌우 시야를 넓히기 위해 다니기도 한다. 치료나 발전의 가능성이 있는 어린이들이 주로 다니는데, 물론 증상에 따라 병원에서의 재활 치료를 받으면 좋겠지만 사정이 여의치 않다. 이러한 우리나라의 장애 인권과 복지 및 치료에 대한 토로를 쓰려면 이 지면은 무한히 부족하기에 이쯤에서 생략한다. 그 생략한 자리에 엄마들이 있다. 센터 대기실에는 엄마들이 조심스러운 자세로 앉아 아이를 기다린다. 아이의 수업이 끝나기를, 아이의 발달이 향상되기를, 아이의 삶이 나아지기를. 그들은 기다리며 또한 아이의 거의 모든 것을 떠맡는다. 그리고 그 떠맡음은 종종, 아니 자주 과소평가된다. 주변부의 것으로 치부된다. 그들이 센터에 있음에도 불구하고, 그들이 센터를 지키고 있음이 분명한데도.

성동혁

2011년 『세계의 문학』을 통해 등단했다. 시집으로 『6』 『아네모네』가 있다.

계단

걸음이 빠른 사람과는
가까워질 수 없다

아무리 친절해도

등을 보이는 사람과는
밥을 먹을 수도
산책을 할 수도

이미 뒷모습

저기 거기

하는데 나를 앞질러간 사람의 얼굴은
알 수 없다

나는 지하에서 태어났다
나를 등에 휘감고
엉킨 계단을 떼어내며
엄마는 지상으로

올랐다

계단

병원에 가는 날은 은행을 먹는 날이었다. 혜화역 3번 출구 앞엔 군밤과 은행을 파는 할머니가 계셨다. 지상에 다다르면 엄마 등에서 내려 은행을 사달라고 했다. 그 시간이 엄마에겐 숨을 고르는 시간이었다. 엘리베이터도 에스컬레이터도 없던 때였다. 초등학생 때까지 엄만 나를 업고 그 계단을 올랐다.

몇 해 전, 엄만 그 계단이 끝이 없는 것 같았다고 했다.

이제 혜화역엔 엘리베이터가 있다. 엄마와 내가 오랫동안 숨을 돌리는 사이, 장애인 이동권을 위해 투쟁을 하신 분들 덕분에 말이다. 그러나 아직도 끝이 없는 계단은 존재하고 여전히 투쟁을 하시는 분들이 계시다. 그들이 세계의 엉킨 계단을 풀고 문턱을 없애고 있다고 믿는다. 이제는 에스컬레이터와 엘리베이터가 당연하듯, 당연해져야 할 것이 많다.

아픈 건 미안한 게 아니야.

엄마가 했던 말. 하지만 병원에 누워 있으면 많은 것이 미안해진다. 엄마는 디스크를 얻었다. 이젠 내가 엄마를 업고 다니고 싶지만, 누군가를 업을 체력이 되질 않는다. 말을 예쁘게 하는 것. 건강한 것. 더이상 어린이가 아니지만 그런 것들이 내가 할 수 있는 효도라 하신다.

원고료가 나오면 엄마와 천천히 공원을 걸은 후 맛있는 걸 먹으러 갈 거다. 누구도 숨을 몰아쉬지 않도록 천천히 천천히.

손택수

1998년 한국일보 신춘문예를 통해 등단했다. 시집으로 『호랑이 발자국』 『목련전차』 『나무의 수사학』 『떠도는 먼지들이 빛난다』가 있다. 현대시동인상, 신동엽창작상, 육사시문학상, 애지문학상, 이수문학상, 노작문학상 등을 수상했다.

피리

어머니 몸속엔 피리가 있다

골다공 숭숭 뚫린 피리 자루가 있다

어머니의 피리는 한밤에만 운다

꿈속까지 다리가 아프다고,

허리가 욱신거린다고

아무도 듣지 못하게끔

정작엔 자신도 들을 수 없는

울음 소리를 낸다

어떤 연기는 생보다 더 생생하다

들판에서 알을 품던 물새가 누룩뱀이 다가오자 멀쩡한 다리를 절름거렸다. 카메라에 들어온 둥지로부터 저만치 천적의 시선을 돌려보자는 뜻이다. 혀를 낼름거리는 아가리 앞에서 절뚝거리는 몸짓이 연기 치곤 사뭇 간절했다. 코피가 터진 아이를 앞세우고 나타난 주인 여자가 내 뺨을 후려치려 팔을 들어올리기 무섭게 서방 복도 없는 년이 자식 복도 없구나, 벽에 자신의 머리를 쿵쿵 찧고 보란듯이 산발한 머리를 쥐어뜯으며 그악스레 통곡을 하시던 당신. 실성한 것 같은 연기는 어린 내가 봐도 참 실감이 났는데, 그 서슬에 놀란 주인 여자 물러가며 남긴 말이 병신 육갑이었던가. 어디 다친 데는 없는지 희묽은 웃음을 물고 겁에 질려 떨고 있던 나를 쓰다듬어주던 그 눈빛. 그건 그냥 연기가 아니었다. 어떤 연기는 생보다 더 생생하다.

송
기
영

2008년 『세계의 문학』을 통해 등단했다. 시집으로 『.ZIP』 『써칭 포 캔디맨』이 있다.

평생회원권

그를 불쏘시개로 씁니다
불꽃놀이로 씁니다
심벌즈로 씁니다
냉장고로 씁니다
드라이버로 씁니다
자판기로 씁니다
등받이로 씁니다
빗자루로 씁니다
쓰레받기로 씁니다
총알받이로 씁니다
변기통으로 씁니다
대못을 가슴에 박고도
씁니다
간혹
일회용으로 씁니다
요즘은
쓸 일이 줄어
마음이
씁니다

나는 씁니다

다급하고 위태로울 때, 화사한 배경이 필요할 때, 떼를 쓰거나 축하를 받고 싶을 때, 허기가 들거나 궁할 때, 마음이 허물어져서 줄줄 흘러내릴 때, 무엇이든 바로바로 필요할 때, 무게를 덜고 싶을 때, 내다 버릴 것이 많지만 손을 더럽히고 싶지 않을 때, 기어코 누군가와 전쟁이 벌어질 때, 전부 게워내고 싶을 때, 언제든 손 벌릴 곳이 필요할 때

그를 씁니다

그냥 지나치지 못하고, 등돌리지 못하며, 외면치 못할 것을 알아서, 그렇게 씁니다

그래도 되고, 그래도 괜찮다고 말할 당신이어서 나는 씁니다

하나의 세계가 태어나고 성장하는 밑천, 당신

가까이 보니 마음이 씁니다

안정옥

1990년 『세계의 문학』을 통해 등단했다. 시집으로 『붉은 구두를 신고 어디로 갈까요』 『나는 독을 가졌네』 『나는 걸어 다니는 그림자인가』 『아마도』 『헤로인』 『내 이름을 그대가 읽을 날』이 있다.

나를 사랑하는가

엄마의 숙주(宿主)는 누구일까
엄마는 누구에게 기대나
영영 벗어나지만 대신 헤어질 슬픔을 갖게 돼
내게 놓아주기 싫은 엄마가 있었던가

어린 날의 기억에 키가 크고 웃으면 보조개가 파이던 외할머니
다정했지만 어린 나는 석연치가 않았다
오랜 병색의 외할아버지는 환갑잔치에서 눈물을 훔쳤다
외할머니가 나 사랑하지 하고 달랬다
그런 말을 들은 적이 없어 어린 눈은 못 본 척
외할아버지에게 산다는 것은 자조(自嘲)를 맞잡는 일이었을까

외가에서 찾아낸 여자 셋이 찍힌 빛바랜 사진
보조개에 남편을 빼앗긴, 42살에 생을 마감한
투박하고 강인해 보이는 여자를 어린 나는 금방 받아들이지 못했다
다정함이라곤 없는 싸한 자태
누구에게도 쉽게 고개 숙일 것 같지 않은 당당함
그거 하나면 족했지만

그런 내 성격 때문에 살기는 불편했다

나무 아래 서 있지도 않은데 나는 일렁이는 나뭇잎이다
곧잘 슬픔에 잠기는 몸뚱이
납득하지 못하는 저돌적인,
내가 숨으려는 비문(非文) 사이에서
나를 알아내기까지는 오래 걸린다

다정하게 말하지 않는다
나를 사랑하는가 따위는 묻지 않는다
당신이 등을 돌려도 나는 아무렇지 않다
그만큼 진화되었다

그러니까 나는 언제나 전처(前妻)다

내 엄마의 숙주는 외할머니였다

어느 집안에나 금기시하는 봉인된 산문들이 있다. 화창한 봄날이 와도 쉬쉬하는 사설이 있는 법이다. 이 외삼촌과 저 외삼촌이 풍기는 분위기가 사뭇 달라 고개를 갸웃하던 시절이 내겐 있다. 그걸 몸이 말을 해서 몸으로 찾아내던 시절이 또한 있었고……

친척집에 가면 늘 앨범부터 뒤적였다. 집요하게, 누가 시킨 것처럼. 그러다가 빛바랜 사진 한 장을 찾아냈는데, 너무 놀라 긴 시간 찾아 헤맨 나의 집요함이 오히려 속상할 지경이었다. 그 사진을 보고선 몇 초도 안 돼 앨범을 덮었다. 항상 비단 옷을 걸치고, 웃으면 볼우물이 파이는, 목소리도 다정한, 그러나 마음속으론 어쩐지 낯설어 하면서도 그럭저럭 지금의 외할머니에 익숙해있던 나였다. 그런데 아니, 아니다, 어쩌면 순간적으로 나와 너무 흡사한 한 여자가 이상한 세상에서 눈을 부릅뜨고 나를 쳐다본다는 착각에 반쯤은 기절한 상태였던 것 같다. 나중에야 알았지만, 그 여자는 엄마의 생모였다.

엄마들은 어떻게 세포분열을 일으켜 지금처럼 천연스레 또 다른 엄마가 되어 있는가. 당연 내 엄마의 숙주는 엄마의 엄마일 것이다. 흔히 숙주는 그가 이루지 못한 꿈을 이루기 위해 또

다른 엄마의 발판이 되어주기도 한다. 기어이 숙주와 헤어지는 슬픔을 겪긴 하지만……

지금 펜을 쥐고 있는 나의 손 위에 누구의 손이 하나 더 얹혀 있다. 책상에 엎드려 몰두하고 있는 내 주위를 누가 이리도 오랫동안 서성이고 있는가. 내 마음에 마음 하나를 더 보태 이렇게 쓰라고 재촉하는 이는 누구인가. 오늘 밤 이렇게 몰래 나를 맴도는 이는 누구인가.

유
계
영

2010년 『현대문학』을 통해 등단했다. 시집으로 『온갖 것들의 낮』 『이제는 순수를 말할 수 있을 것 같다』 『이런 얘기는 좀 어지러운가』 『지금부터는 나의 입장』이 있다. 제5회 영남일보 구상문학상을 수상했다.

유해조수

자동차가 지나가도록 비켜주고
오토바이가 지나가도록 비켜줍니다
더 비켜줄 것이 없는지 두리번거리게 돼요

우리 엄마는 자전거 탈 줄 몰라요
나는 스무 살에 사귀던 남자한테 혼나면서 겨우 배웠죠
오늘 아침 까망 고양이가 낳은 새끼 고양이를 봤어요

사랑의 생물인 부분을
미래가 어떻게 배합되어오는지를
꼬리 끝으로 또는 발끝으로
하얗게 혹은 노랗게

우리 엄마에게 배운 것은 이족보행인데요
나의 발바닥에서 나의 발바닥으로 도달할까요?

엄마를 열고 나가 매일 걸어요
작은 무덤을 등에 인 곤충처럼 점점 작아지면서요

엄마는 죽어서 새가 될 거야

자꾸 그런 말을 가르치니까

철새들을 올려다볼 때 손 흔들고 싶잖아요!
엄마가 내 등을 찍어 먹으러 쫓아올 것 같잖아요!
뒤뚱뒤뚱 걷는 새가 되어서

우리 엄마는 운전할 줄 몰라요
하지만 산도 가고 은행도 가고 시장도 가지요
걸어서 갈 수 있는 곳은 걸어서 다 가지요

자동차와 오토바이가 놀라지 않도록
담벼락 쪽으로 붙어 서면서

나는 비둘기를 향해 돌진했어요
대열을 무너뜨리는 건 용감한 어린이의 몫이었거든요
쏟아지는 박수갈채를 받으며
뒤돌아보면

앳된 엄마가
엄마의 친구와 대화에 열중하고 있었습니다

나를 낳은 적 없는 사람처럼

지하철을 타고 두 시간 갔어요
아마도 마로니에 공원이었죠

걸어서 앞지르기

우리 할머니 이름은 필남이다. 必男. 이제 막 태어난 여자아이의 존재에다 다음에 올 남자아이를 새겨둔 것이다. 할머니 세대에는 꽤 흔해빠진 여자아이 이름이란다. 다음에 올 남자아이가 누구의 결심이었는지 거기까진 알지 못한다. 누구 짓인지 따지는 건 내 관심사가 아니다. 단지 할머니의 엄마와 할머니의 이모들과 할머니의 동무들이 그 이름을 부르면, 왜 불러! 웃으며 뛰어올 이가 할머니라는 게 중요하다. 다음에 올 남자아이는 다음에 올 것이기 때문에 지금의 할머니가 얼른 대답했다는 게 나는 좋다. 아름다운 소망도 무거운 사명도 없이, 다만 미래의 아이를 앞지른 흔적으로. 나 없는 나의 이름은 자유로웠을 것이다.

유병록

2010년 동아일보 신춘문예를 통해 등단했다. 시집으로 『목숨이 두근거릴 때마다』 『아무 다짐도 하지 않기로 해요』가 있다.

딸이 웃으면

엄마로 살아온 날
이미 아득한데

할머니,
지금도 엄마 보고 싶을 때 있어?
엄마 얼굴 기억나?

고개 끄덕이며 웃는

우리 할머니
백 살 먹은 딸

딸이 웃으면
엄마도 어디선가 웃고 있겠지

나는 한 번도 할머니의 엄마를 본 적이 없다

내 고향은 충북 옥천의 시골 마을이다. 그곳에는 지금도 할머니와 부모님이 살고 있다. 부모님 두 분은 칠순을 넘겼고, 1922년생 할머니는 우리 나이로 백 살을 넘겼다. 올해 겨울이 되면 백 번째 생일을 맞는다.

할머니는 오래도록 세상을 살아오면서, 기쁘고 즐거운 일을 많이 겪었을 것이다. 당연히 슬프고 괴로운 일도 많았을 것이다. 무수한 일을 겪으면서 기쁨도 슬픔도 모두 받아들이는 법을 배웠을 것이다. 그럼에도 끝내 받아들이기 힘든 일을 겪을 때는 엄마의 얼굴을 떠올렸을까.

나는 한 번도 할머니의 엄마를 본 적이 없다. 할머니는 엄마가 세상을 떠난 나이를 이미 오래전에 넘겼다. 백 살이 넘은 할머니가 자신보다 젊은 엄마를 떠올리는 모습을 생각하자니, 참 묘연하다.

할머니는 백 살을 넘겼지만, 만약 엄마와 만난다면 순식간에 어여쁜 딸로 돌아갈 것이다. 누가 누구의 부모라는 것, 누가 누구의 아들이고 딸이라는 사실은 불변하니까. 누구도 그것을 바꿀 수는 없으니까. 그것보다 더 분명한 진실도 많지 않을 테니까.

유
형
진

2001년 『현대문학』을 통해 등단했다. 시집으로 『피터래빗 저격사건』 『가벼운 마음의 소유자들』 『피터 판과 친구들』 『우유는 슬픔 기쁨은 조각보』 『마트료시카 시침핀 연구회』가 있다.

엄마의 서른 살

나를 낳을 때 엄마는
59.4리터 되는 엉킨 피를 흘리시고
나를 키울 때 엄마는
1,654리터 되는 젖을 먹이시고

죽어서 해골이 되어도
흰 뼈로 남지 못하고 검은 뼈로 남는다고*

엄마가 좋아하시는 부처님의 말씀에

그런데 우리 엄마는 사남매를 낳으셔서
237.6리터의 엉킨 피를 흘리시고
6,616리터의 젖을 먹이셨지

서른이 막 넘은 나이에
아버지와 함께 꾸려가던 쌀가게가 망해서
세간살이 하나 챙기지 못하고
갓난쟁이 동생은 등에 업고
손 놓치면 아무 곳이나 가버리는
세 살이던 나와 다섯 살이던 오빠를

양 손에 잡고
빚쟁이들 피해
아버지 고향으로 쫓겨 오던 날은
꼭 섣달

엄동설한 낯선 시골마을
어린 새댁이 부엌도 없이 아궁이만 있는
남의 집 문간방에서 고물고물한
어린 자식들과 살아보겠다고 누군가
무녀리**로 태어나 언 밭에 내다 버린 새끼돼지를
사과박스에 지푸라기 깔고
전지분유 타 먹이며
자식들 재우던 그 단칸방에서
함께 키웠다지
그래서 우리는 새끼돼지와 형제

그렇게 키운 돼지를 종돈(種豚) 삼아
돼지농장도 하고
열무밭도 사고

나에겐 크레파스와 샌들을
오빠에겐 과학상자와 백과사전을
동생들에겐 초코파이와 딸기우유를
그리고 그보다 더 아름답고 소중한 것들
일일이 열거할 수 없이 크고 깊고 무수한

기억나지 않는 엄마의 서른 살
그러나 내 심장 어딘가에 깊이 각인되어
잊혀지지 않을 엄마의 서른 살

* 『부모은중경』에서
한 무더기의 마른 뼈를 둘로 나누어보아라. 만일 남자의 뼈라면 희고 무거울 것이며, 여자의 뼈라면 검고 가벼울 것이니라. (……) 남자라면 세상에 있을 때 절에 가서 법문도 듣고 경도 외우고 삼보께 예배하고 염불도 하였을 것이므로 그 뼈는 희고 무거우니라. 그러나 여자는 세상에 있을 때 정과 본능을 쫓아 자녀를 낳고, 기르나니, 한번 아기를 낳을 때는 서 말 서 되나 되는 엉킨 피를 흘리고, 여덟 섬 너 말이나 되는 젖을 먹이게 되기 때문에 뼈가 검고 가볍느니라.

** 돼지나 개처럼 한 배에서 여러 마리의 새끼를 잉태한 경우, 가장 먼저 태어난 새끼를 '문+열이'라 부른다. '문을 열고 나온 새끼'란 뜻이다. 하지만 가장 먼저 나온 새끼는 대부분 그 태에서 가장 비실하고 약한 개체인 경우가 많아 생육중에 어미젖을 못 찾아 먹고 도태되어 죽게 되는 경우가 많다.

지옥에서도 잊을 수 없을 사랑

"가령 어떤 사람이 왼쪽 어깨 위에 아버지를 모시고 오른쪽 어깨 위에 어머니를 모시고 수미산을 백 천 번 돌다 피부가 다 닳고 뼈가 뚫어져 골수가 드러나더라도 그 은혜는 갚지 못한다. 가령 어떤 사람이 흉년을 당하였을 때, 부모를 위하여 자기의 몸에 있는 살을 다 도려내고 티끌같이 잘게 썰어 공양하기를 백 천 겁 동안을 계속 할지라도 부모의 은혜는 다 갚지 못한다."

우리 엄마가 좋아하시는 부처님 말씀, 그중에서도 『부모은중경』에는 이보다 더 고통스럽고 끔찍한 고행이 수두룩하다. 나는 불경을 많이 읽어본 것도 아니지만 이렇게 잔인하고 무서운 말이 빼곡한 경은 처음 읽어본다. 고행에 대한 공포심을 자극하여 부모의 은혜가 얼마나 준엄하고 위대한 것인지를 깨달으라는 말씀이겠지만, 매우 살벌하다. 그래서 엄마가 나를 사랑하는 것은 얼마큼일까? 혹시 내가 내 아들을 사랑하는 만큼일까? 생각해본 적이 있다. 하지만 그것만으로도 가늠이 안 되는 것이 나에겐 자식이 하나지만, 엄마에겐 자식이 넷이다. 그 사실을 깨닫는 것만으로도 이 셈법은 어리석은 것임을 금방 알게 된다.

살아가는 것이 힘겨울 때, 어쩌면 이곳이 지옥 아닐까 여겨질 때. 엄마의 서른 살을 떠올려본다. 그리고 지옥에서도 그 사랑을 잊지 않으려 이 시를 쓴다.

윤
석
정

2005년 경향신문 신춘문예를 통해 등단했다. 시집으로 『오페라 미용실』 『누가 우리의 안부를 묻지 않아도』 등이 있다. 내일의 한국작가상을 수상했다.

엄마는 아르바이트생

아빠가 세상을 떠나자 칠순을 앞둔 엄마는 농사일을 그만두겠다고 선언했는데 이듬해 땅을 갈아엎자 아르바이트를 시작했다 봄가을 사과밭, 부추밭, 고추밭, 인삼밭에서 겨우내 제주도 감귤밭에서 남의 집 농사를 거들었다

내가 아르바이트하지 않고 돈이 안 되는 시를 짓고 있을 때 방학마다 마을 어귀를 어슬렁거리다가 방안에 틀어박혀 잡힐 듯 잡히지 않는 문장과 씨름할 때 쌀 걱정 하지 말고 살아라, 아빠가 넌지시 던진 그 문장이 오래오래 배부르게 했다 아빠가 남긴 세상에서 내가 밥걱정을 하지 않도록 엄마는 아르바이트가 있거나 없거나 매일 땅에서 자라는 생명에게 눈을 떼지 못했다

한번은 아빠가 몰던 경운기가 자동차에 받혀 전복된 적이 있었다 엄마는 아빠가 퇴원한 뒤에야 조심스레 사고 소식을 전했다 나도 엄마에게 말할 수 없는 소식들이 더러 있었다 그때마다 엄마의 꿈자리는 사나웠다 돈이 없어 맨밥만 먹어야 했을 때 시를 그만두고 싶었을 때 아프게 이별했을 때 철없던 동생이 사고를 쳤을 때 병이 났을 때 직장을 그만뒀을 때 엄마에게 수신되는 신호가 있었다

아픈 덴 없는지 아침밥은 잘 챙겨먹는지 부부싸움은 안 하는지 손자는 잘 자라는지 수화기 너머 칠순을 갓 넘긴 엄마는 다사로웠다 나는 아르바이트 좀 그만하라고 쌀이나 푸성귀는 사서 먹으면 그만이니 농사를 그만두라고, 엄마에게 와닿지 않는 문장만 늘어놓았다

사라지지 않는 탯줄

맨 처음 엄마와 나를 이어준 탯줄은 열 달이 지나서 잘려나갔지만 가만 돌아보면 탯줄이 사라진 게 아니었다. 열아홉에 도회지로 떠난 뒤 나는 가뭄에 콩 나듯 엄마를 만났다. 언제부턴가 내가 사는 집에서 고향 집까지 길게 늘어진 길이 탯줄처럼 이어졌다고 생각했다. 이따금 그 길을 잡아당기면서 고향에 이끌리듯 달리다가 마을을 내려다볼 수 있는 산고개, 아침재에 다다르면 가슴이 찌릿했다. 그때마다 엄마의 뱃속으로 들어온 듯 평온해졌다. 집 앞에 도착하면 엄마는 대문을 활짝 열어놓았다.

나에 대한 엄마의 믿음이 신앙만큼 컸다. 그 믿음이 매사에 무한한 책임감을 요구했지만 열린 구조였기에 부담스럽지 않았다. 그런데도 우리의 탯줄은 반복되는 안부와 걱정으로 이어졌다. 한동안 나는 수화기 너머 엄마의 목소리만으로 일상을 감지할 수 있다고 믿었다. 아니, 그렇다고 착각했다. 무탈하다는 엄마가 나에게 말하지 못한 슬픔이 더 많았다. 어쩌면 우리는 서로에게 찌릿찌릿한 감정을 느끼면서도 어찌할 수 없는 마음만 주고받았는지 모른다. 영영 사라지지 않는 탯줄을 부여잡고, 말이다.

이
문
재

1982년 『시운동』 4집에 시를 발표하며 등단했다. 시집으로 『내 젖은 구두 벗어 해에게 보여줄 때』 『산책시편』 『마음의 오지』 『제국호텔』 『지금 여기가 맨 앞』 『혼자의 넓이』가 있다. 김달진문학상, 시와시학 젊은시인상, 소월시문학상, 지훈문학상, 노작문학상, 박재삼문학상, 정지용문학상을 수상했다.

칠만삼천삼백예순다섯

우리 어머니
청풍 김씨 용자 녀자
1916년 황해도 옹진 출생
열여섯이던 1932년에 시집와
1999년 세상 떠날 때까지
67년간 하루도 빠짐없이
하루 세끼 밥 짓고 상 차렸으니
1년이면 365×3=1,095번
그걸 67년이나 쉬지 않았으니
1,095×67=73,365
아내 며느리 엄마 된 이후
칠만삼천삼백예순다섯 차례
아궁이 부뚜막 우물 빨래터
어디 부엌과 밥상뿐이었으랴
논밭은 물론 마당 외양간 뒤뜰
여든넷 평생 우리 어머니
김용녀 자신의 시간은 없었으니
칠만삼천삼백예순다섯
식구 위해 남을 위해 차린 밥상
칠만삼천삼백예순다섯

주문처럼 기도문처럼 중얼중얼
청풍(淸風) 김씨 용용(龍) 자 계집 녀(女) 자
팔십 평생 푸른 바람이나 용은커녕
온전한 여인도 되어보지 못하고
식민지 해방 전쟁 피란 분단 실향
근대화 민주화 세계화까지 다 들어 있는
저 칠만삼천삼백예순다섯
칠만삼천삼백예순다섯

늙마에야 드는 생각

아버지는 1909년, 어머니는 1916년, 나는 1959년 생. 내가 태어났을 때 아버지는 쉰한 살이었다. 어릴 적 다른 아이들은 젊은 부모 밑에서 자라나는데 유독 나만 할머니 할아버지와 사는 것 같았다. 쉰둥이는 상처가 아닐 수 없었다. 내 첫 시집 화자에게서 고아 분위기가 물씬한 것도 그 때문이리라. 형제가 많았지만 함께 지낸 시간은 거의 없다. 바로 위 형하고 다섯 살 터울. 그 위 형하고는 열 살, 맏형하고는 스무 살 차이가 났으니 내 성장기 밥상에 둘러앉는 식구는 단출했다. 늙은 부모와 나, 그리고 나보다 다섯 살 아래인 여동생. 우리는 형제가 많은 '핵가족'이었다.

예순이 넘었지만 아직도 어머니에 대해 온전한 시 한 편, 제대로 된 에세이 한 편 쓰지 못하고 있다. 가슴이 먹먹해지는 탓이다. 어머니 생애를 돌아보면 '김용녀'라는 개인은 없었다. 열여섯에 시집온 이래 아내, 며느리, 4남 3녀의 어머니로 살았다. 피란 내려오기 전, 황해도 옹진에 살 때 어머니에게는 딸 둘, 아들 둘이 있었다고 한다. 하지만 아들 둘만 살아남고 딸(그러니까 내 누이) 둘은 어렸을 때 돌림병으로 세상을 떴다고 한다. 우리 부모는 자기 가슴에 묻은 두 딸에 관한 이야기를 한마디도 하지 않았다. 내가 다 커서 친척으로부터 들은 얘기다.

고통은 개별적이다. 물론 주위에 전염을 시키기도 하지만 전

염된 고통은 당사자의 고통보다 결코 크지 않다. 나는 어머니의 팔십 평생을 상상하고 이해하려 하지만 아무리 감정을 이입하려 해도 어머니의 신산고초와 우여곡절을 내 언어로 치환할 수가 없다. 가끔 생각한다. 1951년 1월, 시아버지를 비롯해 다섯 식구가 피란길에 올랐을 때, 황해도 앞바다 순위도에서 연평도를 거쳐 미국 군함을 타고 흑산도로, 다시 흑산도에서 목포로 가는 길. 배 위에서, 섬에서, 항포구에서 매번 어머니가 차렸을 밥상을 떠올린다. 혹한의 겨울 바다 위에서 흔들리며 떠넣었을 남루한 끼니는 어떠했을까. 그리고 전남 강진군 성전면에서 시작된 8년 피란살이. 그 낯선 곳에서 차려냈을 첫 밥상을 생각한다.

어머니 돌아가신 지 어느새 23년. 요즘도 가끔 꿈에 나타난다. 어머니 꿈은 매번 어릴 적 시골집이 배경이다. 어머니는 꿈에서도 밥상을 차리신다. 살아생전 아내, 며느리, 어머니로서 칠만삼천삼백예순다섯 번 이상 상을 차리셨는데, 돌아가신 다음에도 막내아들을 먹이려 드신다. (모든) 어머니는 돌아가시지 않는다. 당신 기일이나 아버지 기일은 물론 명절에, 우리 부부 생일에, 손주 입학식과 졸업식에도 돌아오신다. 내가 뭔가 이뤄냈을 때도, 내가 무너졌을 때도 어머니는 돌아오신다. 그렇게 오셔서 밥상을 차리신다. 그러니 저 칠만삼천삼백예순다섯은 멈춘 숫자가 아니다.

이원하

2018년 한국일보 신춘문예를 통해 등단했다. 시집 『제주에서 혼자 살고 술은 약해요』가 있다.

감정에 있는 빙점을 발견하게 되고

상상으로 삼킨 열 모금이 말뚝 같아서
감정을 뽑아내지 못하고 두 눈만 가립니다
두려운 상상 때문에 물방울이 맺히는데
하나하나 의미를 모르니 물방울에도 사전이 필요합니다

감정에 생긴 빙점으로
상상이 잦고 걱정이 숱하며 상처와 부딪힙니다
비 맞은 우체국 소인처럼 웁니다

물방울이 자연스레 삼켜지고
철이 모자란 나이가 있다면
내게 맺힌 물방울을 쓸어가세요
눅눅해진 감정까지 애써서 담아가세요
뻘뻘 흐르는 순수까지 드릴 테니
눈꺼풀에 앉아서 대기하는 것들을 얼른 가져가세요

다 됐나요
나 이제 혼자인가요
악수를 청할 테니 잡지 말아주실래요?

빈손에 힘을 얻어 고개를 들어봅니다
하늘에 하얀 체증이 가득한 이곳은
평화로운 현재입니다

안도하듯 청량한 한숨을 내뱉습니다
상상은 억지스러운 신파를 만들어내서 두렵습니다
신파를 외면하지 않으면
괜한 그늘로 인해 맥문동이 피어날 겁니다

맥문동이 피어난다면 뒤늦습니다
당신의 현재와 미래를 책임지리라 다짐합니다

이제는 빙점 때문에
녹지 않습니다
단단해지기만 합니다
앞으로는 내가 지켜드리겠습니다

엄마와 나의 로맨스

깜짝 놀라거나 무서울 때 순간적으로 엄마야, 라고 외친다. 무의식이 뱉어낸 외침에 의문을 품어본 적 없었다. 돌부리에 발이 걸려 넘어지던 친구가 엄마 대신 아빠야, 라고 외치는 걸 듣기 전까지는 말이다. 친구는 엄마보다 아빠가 강한 존재이기 때문에 놀라거나 무서울 때면 아빠를 찾는다고 했다. 그때부터 나도 엄마를 대신할 상대를 찾기 시작했다. 엄마가 약한 존재라는 게 아니다. 앞으로는 내가 지켜주고 싶기 때문이었다. 엄마를 찾지 않으니 한동안 부를 대상이 없어서 무음을 뱉어야 했다. 영어로 신을 찾기도 해봤지만 감칠맛이 없어서 입에 달라붙지 않았다. 아무도 부르지 못한 채로 3년을 살았다. 그렇게 제주도로 이사 가게 됐다. 그곳에서 사귄 친구들과 함께 놀이동산에 가서 귀여워 보이는 놀이기구를 탔다. 만만할 줄 알았던 놀이기구는 강렬했고, 절정의 순간에 한 사람의 이름을 크게 외치게 했다. 그간 의지하고 있던 친구의 이름을 외쳤다. 제주도를 떠난 지금은 다른 사람의 이름을 외친다. 결혼하게 되면 남편의 이름을 외칠지도 모른다. 결혼하지 않으면 스스로 이겨내야 한다며 나의 이름을 외칠지도 모른다. 절대 엄마를 찾는 일은 없을 것이다. 엄마는 나를 그만 지켜줘도 된다. 앞으로 엄마는 내가 지켜줄 것이다.

이
재
훈

1998년 『현대시』를 통해 등단했다. 시집으로 『내 최초의 말이 사는 부족에 관한 보고서』 『명왕성 되다』 『벌레 신화』 『생물학적인 눈물』이 있다. 한국시인협회 젊은시인상, 현대시작품상, 한국서정시문학상을 수상했다.

올갱잇국

비 오는 오후
엄마와 두런두런 얘기를 나눈다

고향 영동의 리즈 시절 얘기며
강원도 살 적 감자만 먹던 가난한 얘기며
논산 대전에 터를 잡은 마음 씀이 얘기며

아버지가 회복된 것도 모두 엄마 덕이에요
막내가 효자된 것도 모두 엄마 덕이에요

참 내 정신 좀 봐
냉동실에 얼려둔 올갱이 끓여야 하는데

인공관절 심은 무릎을 반만 펴고
절뚝거리며 주방으로 가신다
비는 그치고 어스름이 몰려온다

힘들게 왜 또 올갱이 잡으러 가셨어
무릎 아픈데 가지 마라니깐
우리 아들이 올갱이를 좋아하니깐 갔지

일 년 내내 먹을 수 있게 해놨어

올갱이를 후룩거리는 내 옆에 앉아
자꾸만 어깨 팔뚝을 쓸어내린다
우리 아들은 왜 살이 안 찌나
엄마가 젖을 제대로 못 먹여 그런가

바닥에 가라앉은 올갱이가
이리저리 국물 속을 헤집는다
저녁이 양수처럼 온몸을 데운다

엄마표

엄마는 충북 영동 유복한 농가의 가정에서 태어났다. 젊은 시절 교회를 열심히 다니셨다. 동네 교회의 모든 교육과 봉사를 도맡아 했다. 엄마는 읍내 교회의 부흥회를 참석하여 안수기도를 받았는데 부흥목사가 엄마에게 목사 사모가 될 것이라 예언했다. 엄마는 말도 안 돼는 얘기라며 곧 잊었다. 어느 여름 동네 교회 전도사의 친구가 여름방학을 맞아 놀러왔다. 전도사의 친구는 강원도 영월에서 교사로 근무하고 있었다. 엄마와 전도사의 친구는 곧 눈이 맞았고 결혼을 했고 전도사의 친구는 나의 아버지가 되었다. 신혼집을 가기 위해 영동에서 영월로, 버스를 타다가 걷다가 하루종일 갔다. 엄마는 눈물을 흘렸다. 가도가도 끝이 없는 산골 속에 고생길이 훤히 드러났다. 거기에서 내가 태어났다. 엄마 나이 스물두 살의 얘기다. 이후 아버지는 목회로 전업하시고 부흥목사의 예언대로 엄마는 운명처럼 목사 사모가 되었다. 엄마는 평생 시골에서 아버지와 노인목회를 함께 했다. 엄마의 고생담은 지금까지도 얘기가 남아 있을 정도로 끝이 없다. 본가에 내려가 두런두런 엄마와 얘기하는 것이 참 좋다. 나는 외탁을 해서 엄마와 많은 것이 닮았다. 입맛도 닮아 엄마표 밥상이 세상에서 제일 맛있다. 그중에서 엄마가 끓여내는 맑은 올갱잇국은 내 영혼을 위로하는 최애 음식이다.

이
향
지

1989년 『월간문학』을 통해 등단했다. 시집으로 『괄호 속의 귀뚜라미』 『구절리 바람 소리』 『물이 가는 길과 바람이 가는 길』 『내 눈앞의 전선』 『햇살 통조림』이 있다. 현대시작품상을 수상했다.

엄마 되기

엄마를 부르느니 요강단지에 앉았습니다
내가 기억하지 못하는 내 똥 냄새
두레반 가에서 이복 언니들이 끄집어내어 놀립니다
엄마는 한 번도 내 편인 적이 없었습니다

장날 장마당에 엄마를 풀어주었습니다
마당 가운데 바지랑대 엄마 되어 엄마 기다립니다
팔다 남겨온 마른 멸치를 고추장에 찍어 먹습니다

박쥐무늬 백동 장식 흐릿해진 장롱 다리에
엄마를 느슨히 묶어놓고 내가 풀려나던 날
뭉게구름 되어서 따라오던 엄마

산천초목이 다 젖도록 큰비가 내려서
감은 눈을 더 깊이 감아버린 엄마

"다시는 여자로 태어나지 않을 거야"
삼베 수의 안쪽에 물색 비단 도포
동정 고름 도련 깃 섶 구겨지거나 흩어지지 않게
꼭꼭 여미어 꿰매어 붙여둔

엄마의 부탁,
어떤 부탁보다 읽기 쉬운 상형문자 부탁

둘러선 모두가 엄마 되어 엄마로 가득하던 순간
진펄 벗고 피어오르는 연꽃을 보았습니다

후회

사랑하지 않은 것은 아니지만, 엄마와 나는 어긋지게 살았다. 일부러 그런 것은 아니었고, 그때의 우리네 사는 형편이 대부분 그러했다. 내 엄마는 1911년에 나서 2005년에 가셨다. 조선말 일제 침략 암흑기, 8·15 해방기, 6·25 사변기, 건설 · 과학 중흥기를 모두 거치셨다. 그 빈곤 혼란기를 맨손 맨머리 노동으로 먹여살렸다. 공부까지 시켜주었다. 향년 94세. 나를 낳았을 때는 31세, 내 바로 위 오빠를 낳았을 때는 28세였다 한다. 어떤 매파가 무슨 사탕발림으로 아이 넷이나 딸린 홀아비와 내 엄마를 맺어주었는가. 내 아버지는 외아들이신데 장작 한 개비도 못 뽀개셨다. 교육도 받으셨고 교편도 잡으셨다는데, 일자무식 아내를 하대하면서도 담뱃값까지 얻어 쓰셨다. 내 외할아버지는 훈장이셨다는데 남의 아들들은 가르치면서도 자신의 딸들은 서당 근처에 얼씬도 못하게 했다 한다. 조선왕조 남녀 반상 차별은 전통이 아니라 망국의 기틀이었다. 엄마가 당산나무 옆 비탈밭을 팔아서 내 대학 입학등록금을 납부해주신 일은 몇 번을 고쳐 태어나서라도 갚아드려야 할 빚이다. 공부가 재미있어서 서당 뒷벽에 기대어 훔쳐 듣다가 회초리 맞았다는 사연은 지금 세대들은 의아할 것이다. 나도 산수를 앞두고 있는데, 꼭꼭 묻어둔 후회가 한 가지 있다. 엄마와 같이 살 때 한글이라도 고분고분 가르쳐드리지 못했다.

이현호

2007년 『현대시』를 통해 등단했다. 시집으로 『라이터 좀 빌립시다』 『아름다웠던 사람의 이름은 혼자』 『비물질』이 있다.

천 개의 단어

힌두교에서 랄리타 여신을 섬기는 이들은 기도할 때 천 개의 단어를 외친다. 세상의 모든 소리가 여신의 이름이기 때문이다. 그들은 우리가 발음하는 소리가 모두 여신에게 간다고 믿으며, 반복되지 않는 천 개의 단어를 말함으로써 세상에 있는 모든 소리를 다 내려는 것이다. 한 단어를 부를 때마다 여신에게 꽃을 바치면서. 그들은 천 개의 단어와 천 송이의 꽃으로 신을 부른다.

누군가는 세상의 모든 소리로 신을 찾지만, 나는 한마디에 응답하는 신을 알고 있다. 그 한마디에 천 개의 단어와 천 송이 꽃이 깃들어 있는 것이다. 꽃을 바치지 않아도, 당신이 부르면 그는 언제나 뒤돌아본다. 세상의 모든 표정으로. 당신도 아는 그 얼굴로. 믿거나 말거나 당신도 이 오래된 믿음의 오랜 신자다. 부르지 않아도 먼저 찾아오는,

그 말을 한 번 떠올릴 때
당신은 한 번 기도했던 것이다

시작 노트

'엄마'라는 말을 마음에 품고 처음에 쓴 시는 눈사람 이야기였다. 이어 붙인 두 개의 눈덩이는 어떻게 생명을 얻어 한 사람이 되는가. 지난겨울에는 있었고, 올겨울에도 있을지 모르지만, 지금은 없는 눈사람. 꼭 껴안으면 한 사람은 차갑게 얼어붙고, 한 사람은 뜨거워 녹아내리는 이상한 포옹. 이런 착상에서 써 내려갔던 시를 나는 끝내 마무리 짓지 못했다. 아무리 힘을 주어도 잘 뭉쳐지지 않는 싸라기눈처럼 이 생각들은 한 편의 시가 되지 못했다.

다음으로 쓴 시는 길고양이 이야기였다. 때늦은 저녁을 때우려고 편의점에 가던 사람이 한 마리 길고양이와 마주친다. 늙고 병든 고양이가 마음에 걸린 그는 편의점에서 고양이 밥까지 사서 나왔지만, 길고양이는 온데간데없다. 인적이 끊긴 거리에 우두커니 서 있는 사람의 뒷모습. 나는 이런 이미지를 그리려던 시 역시 완성하지 못했다. 가까이 갈수록 뒷걸음질 치는 길고양이처럼 이 이야기는 자꾸 내게서 달아났다. 어쩌면 내가 도망쳤는지도 모르지만.

'엄마'를 생각하자 왜 눈사람과 길고양이가 떠올랐을까. 눈사람에도 길고양이에도 그는 깃들어 있는 것일까. 잘 모르겠다. 내가 다른 누구도 아닌 우리 엄마의 자식으로 태어난 이유를 알 수 없듯이. 다만 시쓰기에 실패하는 동안 한 가지 느낌만은 또렷해졌다. 전부를 말하거나 아무것도 말하지 않거나 둘 중의 하나라는.「천 개의 단어」는 이 막연한 느낌에 기대어 썼다. 내가 엄마를 통해 세상에 툭 떨어진 것처럼, 그렇게.

이
혜
미

2006년 중앙신인문학상을 통해 등단했다. 시집으로 『보라의 바깥』 『뜻밖의 바닐라』 『빛의 자격을 얻어』가 있다. 웹진시인광장 올해의 좋은 시상, 고양행주문학상을 수상했다.

아무도 모르게 아모르

엄마는 싱크대 밑에 작은 헬리콥터를 숨겨두었다

프로펠러 돌아가기 시작하면
아무도 모르게 회전하는
행성의 궤도가 새로 생겨났지

엄마
비밀이 사람을 날게 한대

두근두근 흔들리는 헬리콥터를 타고
먼 지명을 선물받듯이

커다란 헤드폰으로 귀를 막고
흔들리며 시끄럽게 휘저어지는
심장의 소리를 들어봐

은하의 수도꼭지에서 유성우가 쏟아지고
무럭무럭 솟아나는 분홍 날개들

엄마의 헬리콥터는 갑작스런 이륙을 꿈꾸지

잘 씻어 엎어둔 그릇처럼 당신의 우주가
맑게 젖어 뒤집어질 때

엄마는 내가 입었던 첫번째 외투

내가 기억하는 첫 장면이 어머니의 태내라고 하면 모두 믿을 수 없다는 표정을 짓거나 시인다운 과장이라고 말하곤 한다. 내 스스로도 이건 지어 가진 기억인가, 혼자만의 상상인가 혼란할 때가 있지만 지금도 그때의 웅웅거리는 소리들, 물렁물렁한 물의 감촉, 흔들림들이 떠오른다. 엄마는 내가 입었던 첫번째 외투. 마트료시카. 어두운 우주선.

엄마는 또한 내가 처음 만난 시인이었다. 색색의 비밀 쪽지들로 가득한 그녀의 책장을 나는 오래 탐험했다. 맑고 단정한 글씨로 적어둔 문장을 훔쳐보았고, 시를 구원처럼 애인처럼 사랑하는 모습을 바라보았다. 크리넥스 티슈 박스에서 목련꽃잎을 발견하고, 종이의 갈피에서 바람과 새들을 발명하는 법, 노을과의 어울림, 마음의 어둠을 기꺼이 품어 안는 기술, 기막힌 폭탄주를 만드는 비율, 사랑을 매번 다르게 말하는 화술, 세계의 빛을 일궈내는 방법을 나는 그녀에게서 배웠다.

평생 자신의 어둠을 껴안고 이륙과 착륙을 반복했을 엄마의 마음을 떠올린다. 헬리콥터처럼 떨리는, 휘청이는, 위험하고 아름다운 활강을 기대하는 마음. 그 아무도 모르는 은밀한 기쁨에 대해.

임
경
섭

2008년 중앙신인문학상을 통해 등단했다.
시집으로 『죄책감』 『우리는 살지도 않고 죽지도 않는다』가 있다.

우는 마음

자려고 누운 나는 잠이 들지는 않고
자꾸 눈물이 나 메모장을 연다

자꾸 눈물이 나는 나는
우는 마음에 대해 쓰고 싶어 메모장을 열었지만
우는 마음이 무언지 아무래도 알 수가 없다

우는 마음이란 뭘까
잠깐이나마 멈추는 방법에 대해 고민하다가
멈출 수 있는 방법이란 게 따로 없다는 걸
깨닫는 마음

보고 싶어도 볼 수 있는 방법이란 것이
이삼 년 혼곤한 잠 속을 배회하다가
우연히 마주치는 것 말고는 없단 걸
인정하는 마음

나이 사십에 울다 잠들어도
쉬이 엄마를 만날 수 없다는 걸 아는 마음
더러는 꿈결에 잠깐 마주친 엄마의 얼굴을 이삼 일

기억하는 마음

죽은 엄마의 나이와 내 나이가
엇비슷해지고 있다고 생각한 오늘
열다섯 된 우리집 눈먼 개가 내 옆구리에 엎드려 밤새
빛을 보고 있었다

오늘이 시네

이번 '시경(詩京): 詩가 있는 경기' 원고 청탁을 받고 어떤 시를 쓰다가 완성하지 못하고 지웠다. 시와 함께 쓰라고 한 짧은 산문 때문이었다. 원하는 방향대로 시가 나오지 않아 산문을 먼저 끼적이고 있었는데, '이게 시네'라는 생각이 들었다. 앞에 발표한 시는 지금 이 지면에 들어갈 산문이었다.

얼마 전 집안일로 아내와 함께 춘천에 가고 있었다. 주말이라 잔뜩 밀려 있는 경춘국도 위에서 나는 아내에게 농담 삼아 말을 건넸다. 엄마를 주제로 시를 써야 하는데 잘 써지지 않는다고. 너는 내 엄마에 대해 객관적일 테니 네가 지금 시를 불러보라고. 내가 받아 적겠다고. 이내 아내는 "오늘이 시네"라 답했다.

"오늘 너네 엄마가 회 사주신다잖아. 회 먹는 얘기를 써."

"나는 새어머니 말고 우리 엄마 얘기를 쓰고 싶어."

"그러니까, 새엄마가 사주는 회를 먹으며 엄마를 생각하는 시를 쓰라고."

'오늘' 안에서 너무나 많은 것들이 입체적으로 겹쳐지기 시작했다.

그날 차 안에서 아내가 던져준 화두를 시로 쓰다가 결국 완성하지 못하고 지웠다.

임
승
유

2011년 『문학과 사회』를 통해 등단했다. 시집으로 『아이를 낳았지 나 갖고는 부족할까 봐』 『그 밖의 어떤 것』 『나는 겨울로 왔고 너는 여름에 있었다』가 있다.

양육

—

1.

저기 세탁조 안에 이상한 물체가 있어요. 머리를 처박고 있는데 곧 이쪽을 쳐다볼 것 같아요. 꼬리를 살살 흔들 것 같아요.

베란다 한쪽에서 뭔가를 찾던 엄마가

아이고 개가 거기 있었구나. 요즘 내가 키우고 있는 애인데 축축한 해초를 주면 얼마나 잘 먹는지 모른다.

엄마 말이 끝나기 무섭게

물체는 생명력으로 빛나기 시작하고 내가 그렇게 느끼자마자 막 사랑스러워지는 것이었는데

2.

꿈속에서 일어난 일입니다.

3.

꿈속에서는 다들 알다시피 조악하게 색깔을 칠해놓은 플라스틱 물체가 살아서 움직이기도 하고 그런 일은 엄마의 말 한

마디만으로도 가능해지고

4.
현실에서 엄마는

5.
질적으로 다른 사람입니다. 싫은 소리를 많이 합니다. 일월성신이 보내오는 가짜 뉴스를 본인 의견인 양 주장합니다. 그럴 때의 표정이란 조금은 사악해 보입니다. 지난겨울부터 짓기 시작한 아파트 높이가 성에 안 차는지 창밖을 내다보며 일을 하나도 안 했네. 하나도 안 했어.

대체로 야박한 편입니다.

나도 싫은 소리를 꽤 하는 축에 속합니다. 싫은 소리를 하고 난 날에는 식은땀을 흘리며 잠꼬대를 해서 옆 사람을 놀라게 하는데요

6.
아침에 일어나보면

나는 이제 막 잠에서 깨어나 미끌거리는 생물체입니다. 엄마 나는 무섭습니다. 여기가 어딘지 모르겠습니다.

7.

엄마는 그 옛날 나한테 하듯

내 등뒤에 다가앉아서

점점 길어지는 무서움을 땋아내립니다. 그 옛날

문자를 익히는 데는 한 문장이면 충분하다며 외할머니가 짚어준 장화 홍련의 첫 문장으로

엄마는 이 세계에 뛰어들었습니다. 엄마가 머리를 땋고 있으면 나는 그렇게 졸릴 수가 없습니다.

기댈 데가 있을 거라는 믿음으로

엄마에 대해 뭐라고 말할라치면 "당장 집어넣지 못해! 어디서 그런 걸 꺼내가지고는" 날카로운 목소리가 들리는 듯합니다. 어릴 때 엄마한테 실제로 들었던 말이기도 합니다. 마루 한 구석에 있던 나무로 된 장식장에서 피 묻은 헝겊을 꺼내 들었을 때였죠. 그때 엄마가 너무나 화를 내서 억울했던 기억이 있습니다. 나중에 더 커서야 그게 생리혈 묻은 헝겊이라는 걸 알게 됐고요. 저도 종종 생리혈 묻은 속옷을 구석에 숨겨놓을 때가 있습니다. 들키게 되면 민망하고 낯부끄러워집니다. 이런 수치심이 엄마와 저에게 반복되고 있네요. 언젠가는 여기에 대해 말할 기회가 있을 거라고, 어쩌면 그 기회를 만들어내기 위해 그동안 시를 써왔다는 생각마저 들 때가 있습니다. 잘되지 않을 거라는 걸 알고 있고 실제로 잘 안 됩니다. 엄마에 대해 이야기하려면 엄마의 저항이 너무 커요. 제 이야기도 마찬가지입니다. 저는 저의 저항에도 속수무책입니다. 그러니 당사자 이외의 사람들을 염두에 둘 여력은 없는 셈입니다. 그래도 기댈 데가 있을 거라는 믿음으로 찾고 있습니다. 언젠가는 되겠지, 그런 심정으로 말입니다.

임
지
은

2015년 『문학과 사회』를 통해 등단했다. 시집으로 『무구함과 소보로』 『때때로 캥거루』가 있다.

파꽃

대파는 뿌리 부분을 흙에 심고 물을 주면
자란 부분을 잘라먹을 수 있습니다

나는 그렇게 하지 않는다
파 없이 끓인 뭇국을 먹는다

*

자췻집을 구할 때 엄마가 올라온 적이 있다
내려가면서 엄마는 파 한 단을 사다놨다

어느 날 보니 줄기 끝에 하얀 꽃이 피어 있었다
혼자 살면 파에도 꽃이 핀다는 걸 알았다

엄마는 몰랐을 것이다

*

파꽃이란 시를 쓴 적이 있다

파꽃을 보며 엄마를 그리워하는 서정시였다
코끝이 찡해지는 게 나와 어울리지 않았기에
한동안 친구들이 놀렸다

오늘 점심은 파꽃 어때?

*

향신채는 외부로부터 자신을 지키기 위해
독특한 맛과 향을 가지게 되었다

그런데 몰랐다

인간이 좋아하게 되리라는 것은
특히 마늘에 있어 적당히, 를
한정짓지 않는 민족이 있으리라고는

*

노새, 버새, 비팔로, 회색곰, 라이거, 타이콘, 레오폰,

망고자두, 피치애플, 샤인머스캣,
한라봉, 천혜향, 레드향, 황금향

인간들이 교배한 것 중엔
나도 있다

*

그래도 가끔 파꽃이 보고 싶긴 했다
내가 키웠던 무이한 식물

*

남은 파는 잘라서 냉동실에 보관하고 국이나 볶음요리에 넣어 드시면 좋습니다

나는 이제 그렇게 한다
엄마에게도 알려주었다

항상 뒤늦게 이해되는 사람

나는 엄마 시 전문가다. 편수는 많지 않지만 집요한 관찰로 자꾸 까먹는 엄마, 비싼 것을 싫어하는 엄마, 매일 똑같은 반찬을 만드는 엄마에 대한 시를 쓴 적이 있기 때문이다. 엄마는 내가 살면서 가장 오랫동안 본 사람이다. 사람은 쉽게 변하지 않는다는 것도 알려준 사람이다. 나보다 38년이나 먼저 살아서 항상 뒤늦게 이해되는 사람이다.

왜 가벼운 옷만 좋아하는지 (나이가 들면 무거운 게 싫어진다)

짧게 볶은 머리를 고수하는지 (관리가 쉽고 머리숱이 많아 보이게 한다)

쓰지도 않는 플라스틱 통과 물티슈를 모으는지 (필요할까봐 모으다보면 필요, 라는 목적은 사라지고 수집욕만 남는다)

한여름에 엄마 집 냉장고가 고장났다. 당장 주문해도 냉장고는 삼 일 뒤에나 도착해서 엄마는 냉장고 안에 검은 봉지들을 버려야 했다. 꺼내볼 엄두가 나지 않을 만큼 냉동실을 꽉 채우던 걸 버리면서 엄마는 안타까워했다. 하지만 상하기에 충분한 날씨였다. 나는 엄마에게 차라리 잘되었다며 이번 기회에 새로 시작하면 되겠네, 라고 했다. 그렇게 엄마는 여든 살에도 새로 시작하는 사람이다.

임
현
정

2001년 『현대시』를 통해 등단했다. 시집으로 『꼭 같이 사는 것처럼』 『사과시럽눈동자』 『무릎에 무릎을 맞대고 kiss』가 있다.

Cell cycle

안간힘을 다해 버티는 힘으로
전복 소라 따개비
물밑 세상을 구경하는 것도 좋네
솜이불 밑엔 눈만 빼꼼 꼬마게
이제 그만 가렴
따뜻하고 숨기 좋은 바위를 찾아
마지막 손님이 떠나고
먹다 남은 살점들이 심해로 가라앉는다

반짝 빛을 내거나
한껏 투명해지거나
아주아주 납작해져서
분화구까지 헤엄쳐가거나
눈도 입도 없는 세포 하나
엄마의 엄마의 엄마가 물려준 전부

부레가 허파가
창살 같은 뼈가 생기기도 전에
엄마는 분열했을 거야
꼬리가 생겼으면 좋겠구나

닳고 닳아
세포 하나만 남는다면
만날 수도 있겠다
최초의 엄마
엄마, 하고 부르면
음표 같은 꼬리로 반갑게 헤엄쳐오는
하나뿐인 엄마

여기 숨어 있는 건 어떻게 알았니
막 생겨난 입으로 웃으며
이제 그만 가렴
따뜻하고 숨기 좋은 어느 동굴 속
온 힘을 다해 새끼를 낳는 어미에게

엄마, 하고 부르는
사랑스런 목숨을 줄게

소스라치게 예쁜
테두리를 줄게

한 점

계속 눈이 내리고, 길이 지워진다. 더운 김을 피워올리던 모자가 얼고, 꽁꽁 싸맨 발도 언다. 무릎까지 푹푹 빠지는 길을 되짚어 가보면, 웅송그리고 앉아 눈을 맞고 있는 네가 보인다. 처마 밑이나, 문 닫힌 가게 앞이나, 눈을 피할 수 있는 아무데나 숨지. 하얗게 눈사람이 되어서 날 기다린다. 언 손을 비벼주고, 옷을 벗어주고, 이젠 괜찮을 거야. 몸을 녹일 수 있는 데로 가자. 순진무구한 너를 업고 눈길을 걸어간다.

폭격이 시작된 마을에서 손을 놓친 적도 있다. 해파리가 너울대는 바다에서 깜빡 잃어버린 적도 있다. 너는 이제 나보다 더 큰데, 여전히 나는 너를 잃어버리는 꿈을 꾼다. 맥없이 손을 놓치고 울고, 보송보송한 뺨이 그리워서 울고, 나 없이 울까봐 운다. 언젠가 너도 고아가 될 텐데. 잃어버린 누군가를 찾아 헤매는 날 닮은, 고아가 될 텐데.

너를 업고 가면서 그래도 안심한다. 찾아서 다행이야. 죽지 않고 만났으니 됐어. 다시 볼 수 있어서 기뻐. 너를 낳지 않았다면 나는, 영문도 모르고 이 길을 헤맸을 거야.

작고 포근한 거. 따뜻하고 두근거리는 거. 눈보라 속에서 꼭 찾아야 하는 거. 그 한 점이 돼줘서 고마워.

장석남

1987년 경향신문 신춘문예를 통해 등단했다. 시집으로 『새떼들에게로의 망명』 『지금은 간신히 아무도 그립지 않을 무렵』 『젖은 눈』 『왼쪽 가슴 아래께에 온 통증』 『미소는, 어디로 가시려는가』 『뺨에 서쪽을 빛내다』 『고요는 도망가지 말아라』 『꽃 밟을 일을 근심하다』 등이 있다. 김수영문학상, 현대문학상, 정지용문학상 등을 수상했다.

어머니 풍경

참취밭에 참취꽃들이
희끄무레하다

푸릇푸릇하고 희끗희끗하고
꽃대마다 야위었다

저녁에는 대바구니의 떡쌀처럼
서글픈 빛

이 어름에 호미를 쥐고
웃음 섞인 잔기침으로
앉았던 노인

아직 질푸른 이파리들 위에 흰 상감(象嵌)으로 점점이 새겨지는
어머니 약전(略傳)

"모년(某年) 가을에 나서
모년 가을에 홀로 가시다
사노라니 홑이불 같았다

사후에 아들이 거두어 태우다
매년 가을에 아들을 보러 오다”

그 온기

그해 가을에 어머니가 가시었다. 그해에도 전염병이 돌아 말년을 보내던 병원 출입이 제한되어 결국 마지막을 보지 못했다. 연락을 받고 부지런히 뛰어가보니 흰 수건으로 덮였다. 걷어내고 이마를 짚으니 아직 따스했다. 그 온기가 조금씩 조금씩 식어가는 것을 확인해가며 숨죽였다. 고생하시었소. 잘 가세요.

거두고 곧 추석이었다. 어머니가 지내던 시골집에 가서 서성이노라니 여기저기 어머니의 잔영이 있었다. 그리고 회한이 있었다.

올해는 유난히 참취밭의 꽃대가 번성했다. 비가 흔해서였는지. 웃자란 꽃들이 일제히 피어나서 일렁였다. 크기와 빛깔로 보자면 하잘것없는 꽃이지만 풍경으로 보면 소박한 어머니의 일생과 비슷했다. 어머니가 앉아 나를 맞던 그 자리였다.

장석주

1979년 조선일보 신춘문예를 통해 등단했다. 시집으로 『햇빛사냥』 『완전주의자의 꿈』 『그리운 나라』 『어둠에 바친다』 『새들은 황혼 속에 집을 짓는다』 『어떤 길에 관한 기억』 『붕붕거리는 추억의 한때』 『크고 헐렁헐렁한 바지』 『다시 첫사랑의 시절로 돌아갈 수 있다면』 『간장 달이는 냄새가 진동하는 저녁』 『물은 천 개의 눈동자를 가졌다』 『붉디붉은 호랑이』 『절벽』 『몽해항로』 『오랫동안』 『일요일과 나쁜 날씨』 『헤어진 사람의 품에 얼굴을 묻고 울었다』 등이 있다. 애지문학상, 질마재문학상, 영랑시문학상, 편운문학상 등을 수상했다.

엄마, 엄마, 왜 이렇게 작아지셨어요?

엄마는 우주의 미아들이 숨기 좋은 은신처다.
밤이면 하얀 달이 솟고
늘 젖과 꿀이 흐르는 낙원이었다.
그 시절 엄마가 주인이던 부엌은
불의 신들이 머무는 하늘이었다.
화구마다 새싹같이 유순한 불꽃이 올라오고
불 위에서는 국과 밥이 끓고 익었다.
별자리들이 계절마다 제자리를 찾아 이동하고
별들은 슬픔의 윤무를 추었다.
내가 자라자 그곳은 너무 비좁아 보였다.
새로운 은신처를 찾아 엄마를 떠나면서
자주 낯선 데를 헤맸다.
권태가 찾아온 것은
엄마가 불러주던 노래의 곡조를 잊은 그 시절이다.
권태는 인생에서 가장 미약한 불행의 신호!
세상의 항구를 떠돌다가 돌아왔을 때
너무나 작아진 엄마의 부피에 놀랐다.
엄마, 엄마, 왜 이렇게 작아지셨어요?
허리가 굽고 눈이 안 보인다는 노인 곁에서
오, 나는 고작 괄약근을 가진 어릿광대였구나.

불행의 신들이 왜 이토록 설치고 다니는지를
나만 까마득하게 몰랐으니!

'엄마' 약전

사춘기에 어머니와는 데면데면했다. 나는 매사에 고분고분하지 않은 아들이었으니, 다루기 까다로운 자식이었으리라. 그렇게 된 데는 내 무의식에 가라앉은 앙금 때문이 아닌가 싶다. 유년기에 나는 엄마와 떨어져 외가에서 양육되었다. 물론 모성의 부재 속에서 자라난 것은 누구의 잘못도 아니었지만 젖을 떼자마자 유기당했다는 유아기의 외로움과 분노가 내 안에 있었을지도 모른다.

어머니는 일제강점기 때 가난한 농부의 맏이로 태어났다. 배움이 많지는 않았으나 아득한 눈빛을 가졌으니 딱히 불우하다고 할 수는 없다. 결혼 뒤 자식을 낳고 이촌향도의 흐름을 타고 도시로 떠밀려 최저 생계 수준의 경계를 넘나들며 시난고난하는 삶을 이어갔다, 궂은일을 마다하지 않고 가장을 대신해 생계를 짊어졌다. 어머니는 구불구불 흘러가는 강물과 골짜기를 사랑하셨다, 라고 나는 쓸 수 없다. 어머니는 최저 낙원에서 영혼이 고갈되는 슬픔을 왜 감당해야 하는지도 모른 채 일곱 겹의 삶을 살았다, 라고 나는 쓸 수 없다. 다만 고난의 무두질이 거듭되며 종종 어머니의 영혼은 마비되고, 내면의 부드러움과 덕성은 말라붙었을지도 모른다, 라고 쓸 수 있을 뿐이다. 본성으로는 착하되 매사에 소심하고, 시나 음악 같은 예술의 효용성을 받아들이지 못했으며, 집이나 토지 같은 부동자산을 선호하는 실용주의자였다.

아버지가 돌아가시고 노년을 홀로 보내게 된 어머니를 경기도 남부에 마련한 거처로 모셨다. 노모와 아들이 저수지 가에 집을 짓고 오소도손 살았다고 했으면 좋겠으나 실제로는 작은 일들로 분심을 내고 티격태격하는 일들이 잦았다. 아들은 묵언수행하는 꼬장꼬장한 라마승 같고 노모는 오래된 절집에서 평생을 지낸 착한 보살 같았다. 아들과 노년기의 어머니 사이에 세월의 더께가 앉아 그럭저럭 안온했다. 어머니가 텃밭에 이런저런 작물을 심어 가꾸는 것을 낙으로 삼는 동안 나는 서재에서 책이나 꾸역꾸역 읽었다. 어머니는 퇴행성무릎관절염으로 고생하다가 인공관절을 해 넣었다. 어머니는 경기도 남부의 한 요양병원에서 생애 마지막 두 달을 보냈다. 자식들이 임종을 지켜보는 가운데 변덕스러운 운명과 고투하며 한 생을 살아낸 어머니는 조용히 눈을 감으셨다. 어머니의 생애 주기를 돌아보며 '슬픔의 약전'을 적다보니 내 메마름이 불효의 증표 그 이상도 이하도 아니라는 회한이 뼛속까지 파고든다.

정
한
아

2006년 『현대시』를 통해 등단했다. 시집으로 『어른스런 입맞춤』 『울프 노트』가 있다. 작란(作亂) 동인이다.

황 할머니, 나의 진짜 엄마여

나보다 쉰 살 많은 황 할머니. 살아계시면 아흔여덟, 아마 이 세상 사람이 아닐 황 할머니. 날 데리고 모래내 시장 나가면 아이고 황 할머니 손녀랑 장 보러 왔나배, 이 없어 옴팡한 입으로 허허 웃으며 울 손녀 이쁘디? 하고는 아들이 오토바이 사고로 죽었다는 이불집 할머니와 가루커피 타 마시고 세상 사는 이야기하던 황 할머니. 허리가 꼿꼿하던 황 할머니. 단칸방에 노처녀 딸과 살던 강원도 태생 황 할머니. 주인집 마당 키 큰 나무에 열린 주먹만한 열매 보고, 할머니, 저게 뭐야? 물으면, 모가. 저거. 모가. 저거 말야, 저거. 이음이 모가다니까 하고 같이 깔깔 웃던 황 할머니.

주인집 정원 한켠 손바닥만한 땅에 사루비아, 맨드라미, 호박을 심고 늦여름이면 호박은 따 먹고 사루비아, 맨드라미는 시든 꽃대 꺾어 씨를 탈탈 털며 나한테도 탈탈 털어라, 하던 황 할머니. 그러다 어느 날, 할머니 아침 화투 점괘에 비광이 뜨고, 엄마가 돌아오고, 할머니는 더이상 우리 방에 오지 않고, 엄마는, 3년 전에는 분명 우리집에 있었던 약탕기가 할머니네 부엌에 있다며 할머니는 도둑이라고.

나는 이제 할머니 방에 놀러가서 아침에 본 화투 점괘도 못

물어보고 할머니랑 꽃 얘기 열매 얘기 나무 얘기도 못하고 할머니는 닌 인데 늬 엄마랑 놀아라 하고, 엄마는, 너 땜에 돌아왔는데 더이상 너를 모르겠다 하고, 내 인형과 책을 갖다버리고 서예 숙제하다 떼 쓴다고 리코더가 부러질 때까지 때리고 주여, 주여, 울며 자기 전에 성서를 네 장씩 읽게 하고.

황 할머니. 새 출발 한다고 딴 동네 이사하고 못 만난, 할머니의 하루도 내가 빠져 심히 심심해졌을까. 겨울 아침 주인집 계단참 아래 꼬물거리는 분홍 새끼 쥐들 보고, 할머니, 이것 봐, 아기 쥐들 귀엽지? 했더니 빗자루로 한 방에 날리며 귀여운 게 다 좋은 게 아이다, 했던. 교황 요한 바오로 2세가 남한 땅에 입 맞출 때 눈물 글썽이던.

황 할머니. 그 많은 꽃씨들은 언제 다 소진됐을까. 할머니, 나 없은 뒤에도 사루비아, 맨드라미, 호박은 크고 호박꽃 피면 풍뎅이는 게으르게 들어가 꽃 속에 뒹굴고 그러면 꽃잎 모아 쥐고 풍뎅이 잡아 놀아줄 다른 손녀가 생겼을까.

황 할머니. 어느 겨울 떡집서 시루떡 떼어올 때 할머니, 떡 왜 한 거야, 물었더니 딱 한 번, 둑은옝감 메힐라고, 했던.

황 할머니. 나의 진짜 엄마여.

있었다가 없어진다

신은 모든 사람들과 함께 있어줄 수 없어서 엄마를 주었다고 하는데, 나에게는 엄마가 있었다가 없었다가 있었다가 없어졌다. 다행히도 다른 엄마들이 있었다. 황 할머니는 첫번째 진짜 엄마다. 두번째 진짜 엄마는 게이였다. 그는 3주 동안의 열차 여행을 앞둔 나에게 열차에서 사 먹는 밥은 비싸니까 이걸 먹어라, 하며 샌드위치 사흘 분을 싸주고 눈물을 훔치며 사과를 한 아름 짐 가방에 넣어주었다. 그는 더 많은 사람들의 엄마가 되고 싶어 사제 서품을 받으려 했으나, 교회는 그것을 이해할 수 없었다. 세번째 진짜 엄마는 같이 사는 남자다. 이 남자도 엄마가 있었다가 없어져서 우리는 서로 엄마가 되어주기로 했다.

엄마가 있었다가 없어지면 당황스럽다. 하지만 언젠가는 있었다가 없어진다. 모든 아빠와 마찬가지로. 우리 모두와 마찬가지로.

꽃 이름을 외우고, 꽃 이름을 가르쳐준 사람들을 생각한다.

열매 이름을 외우고, 열매 이름을 가르쳐준 사람들을 생각한다.

우리는 모두 있었다가 없어지지만, 이 이름들을 배우던 순간들은 저 별들만큼 거의 영원하다. 별들도 있었다가 없어진다. 아주 긴 유한(有限)을 영원이라고 부른다.

조혜은

2008년 『현대시』를 통해 등단했다. 시집으로 『구두코』 『신부 수첩』 『눈 내리는 체육관』이 있다.

개도(開度)

—— 굳은살 엄마

1.

우리의 싸움으로 어색해진 공간에서

아이가 로망스를 두드렸다

좋은 사람이면서 동시에 나쁜 사람일 수 있는 나를

아이들은 엄마라고 불렀다

아이들이 먹지 않는 맛없는 초코 과자를 아이들이 남긴 우유에 말아 먹고

눈앞이 하얘진 하루

하루를 낭비한 만큼 사랑해

여름에 떠올리는 겨울은 다정하고 무료해서

우리는 눈을 덮고 잠이 들었다

2.

놀이터를 뒤덮은 자귀나무의 꽃도

다른 순간을 가져오지 못했어

가난한 엄마가 가련해질 수 있었을까

집을 나간 엄마의 첫 집은 반지하였다
엄마를 따라나선 자매들은 매일 절반쯤 사라지고
엄마는 우리의 하나뿐인 방에서 밤마다 커터 칼로 뒤꿈치의 굳은살을 베어냈는데
남들은 보지 못하는 절반을 더 보았고
함께여서 불안했고 불운 속에 온전했다고
남들은 보지 못하는 절반의 창가에서
떠돌던 고양이가 새끼를 낳았는데 그것은 물소리
여름에 떠올리는 겨울은 더이상 차갑지 않아서
비는 지붕을 두드리지 않았고

책상을 치우면 눈이 따뜻해질 것 같아
소파를 두면 싸우지 않을 것 같아

계단을 따라 굽이굽이 들이쳤다
현관을 떠다니던 하얀 운동화와 빨간 양수기 돌아가는 소리
엄마의 코 고는 소리 고춧가루 냄새
가운데에 누운 나는 소리를 죽인 채 채널을 돌렸고, 잠든 엄마의 얼굴 위로 내가 돌린 화면이 물결치면
보라색 분홍색의 엄마

비가 오는 것 같아

눈동자에 빗줄기 모양이 새겨진 것처럼 온종일 비가 내려

눅눅한 바닥에 누워 곰팡이가 내린 천정을 보며

우리는 눈만 덮고도 잠이 들었다

세 자매의 혼곤한 잠

우리는 살고 있어요

3.

과거에 함몰되지 않기 위해 내게는 아이가 필요했다 나는 슬픔을 어떻게 간섭해야 할까요 빗속에서 각자의 우산을 쓰고 서로의 손을 잡을 때 한쪽 발은 배고프고 한쪽 발은 배고프지 않은 오후

—오늘 음악 학원에서 뭐 했어?

—오빠랑 닭싸움했는데

마침내 짙어진 없음의 구름 안에서

엄마, 나뭇잎들은 왜 이렇게 손바닥 모양으로 벌어져 있는

거야

펼쳐진 아이의 손을 잡으며 가난한 엄마를 이해했다

엄마, 간지러우면 이렇게 톡톡 두드려

상처를 긁어내는 내 손을 잡으며 아이가 나를 깨웠다

놀이터를 뒤덮은 자귀나무의 붉은 수술이 내 눈에 들어왔다

우리의 사랑은 서로의 숨통을 틀어막지 않을 정도로만 가깝게 열려 있었다

서로를 뒤덮지 않을 만큼만 벌어진 채

오늘의 초대

우리집 앞에 꼬마 요정들이 막 도착한 모양이다. 오늘의 요정은 딸과 딸의 단짝 친구들이다. 약속된 시간을 살피며 거실을 정돈하고 적당한 그릇에 먹기 좋게 간식을 나누어 담다가, 문밖에서 들려오는 한껏 격앙된 아이들의 목소리에 절로 함박웃음이 지어졌다. 함께 있을 때면 그 아이들은 바퀴가 달린 것마냥 도르르르 경쾌하게 움직였고, 쉴새없이 재잘거리며 한 발짝 내디딜 때마다 서로를 향해 까르르 웃음을 터뜨렸다. 참지 못하고 쏟아내는 아이들의 명랑이 햇발처럼 눈부신 오후. 어서 와. 문을 열자, 살찬 별빛 같은 눈을 가진 아이들이 차례로 모습을 드러냈다.

이모, 안녕하세요. 교과서에나 나올 법한 정직한 삽화처럼 정수리가 보일 때까지 허리를 숙이는 요정들의 우아한 인사법은 언제 보아도 낯설고 경이롭다. 가방을 어디에 둘지 몰라 메고 있는 아이는 짱구 과자를 좋아하는 요정이고, 현관에 어정쩡하게 가방을 내려놓은 아이는 허니버터칩을 좋아하는 요정이다. 친구를 초대한다고 며칠 전부터 잔뜩 들떠 요일을 세고 있던 우리집 요정이 친구들과 먹을 간식을 사러 갔을 때 내게 자세히 일러주었다. 오늘의 요정들에게 가방을 놓을 적당한 장소를 찾아주면, 요정들은 곧바로 감사의 인사를 했다. 작은 어른같이 세련된 아이들의 방문 예절에 괜스레 또 웃음이 났다. 어른들이 흔히 하는 말도 아이들의 입에서 나오면 모두 특별하게 느껴진다. 나를 엄마라고 부르는 아이들과 함께, 기꺼이 나를 이모라고 불러주는 아이들의 말을 생각하면, 그래서 늘 웃음이 나고 소중했다. 이모, 그거 알아요? 엘리베이터에서 만난 아이 친구가 나를 붙잡고 갑자기 퀴즈를 내거나 놀러 다녀온 이야기를 해도 진지하게 귀를 기울이게 되고 진심으로 즐거워 웃게 된다. 이모, 저 내일 포켓몬 카드 도착해요. 내 아이가 길에서 만난 친구 엄마를 붙잡고 뜬금없이 자신의 신변을 늘어놓으며 필요 없는 자랑을 하면, 부끄러움은 나의 몫이지만 친구 엄마는 진심으로 반응해준다.

우리집에 놀러온 요정들의 가방을 보며 그 속에 담겨 있을 오늘의 초대에 대한 기대와 엄마들을 떠올렸다. 코로나가 있기 전에 아이들은 흔하게 친구 집을 오갔고 학교에 입학하기 전에는 비교적 자유롭게 만나서 놀았다. 아이들이 초등학교에 입학하고는 친구들이 번갈아 코로나에 걸렸고 누구는 격리 때문에 봄꽃을 놓치기도 했다. 학원 마치는 시간이 맞아야 볼 수 있었다. 친구와 놀이터에서 만나 노는 것에 비해 집에서 노는 일은 드문 일이 되었다. 오늘의 초대를 위해서도 아이들은 한 주 전에 약속을 하고 학원 시간을 맞췄다. 그래서 친구를 초대할 때만큼이나 친구네 집에 초대를 받았을 때, 아이들은 커다란 기대를 했다. 몇 시간이나 놀 수 있어? 엄마들은 늘 많이 놀 수 있다고 말했지만 헤어질 때면 아이들은 늘 아쉬워했다. 아이는 친구네 집에 갈 때에 기대만큼 커다란 가방을 쌌다. 친구 집에 가면 결국 친구의 장난감을 가지고 놀 거면서 함께 하고 싶은 모든 것들을 가방에 무리하게 넣었다. 아쉬움에 발그레해진 볼로 발이 떨어지지 않는 아이들에게, 초대를 한 엄마들은 노느라 바빠서 먹지 못한 간식을 싸주거나 함께 만든 것들을 들려주었다. 아이들의 기대에 대한 작은 배려일 것이다. 성숙한 꼬마 손님처럼 그것들을 손에 들고 행복하게 나오는 아이들이 너무 귀여워서 초대를 받고 나면 다음의 초대를 계획할 수밖에 없다.

오늘 피아노 학원이 끝나고 세 명의 아이들을 데리고 올라와 준 딸의 단짝 친구 엄마는 간식과 함께 멋진 솜씨로 완성한 손뜨개 수세미를 선물로 건네고 갔다. 남은 아이들은 고양이 놀이와 학교 놀이를 했고, 세 명이 모두 좋아하는 다람냥 이야기를 나누며 슬라임을 가지고 놀았다. 세 시간이 훌쩍 지났다. 시간이 없는데 하고 싶은 놀이가 달라 실랑이를 하거나 서로의 말을 잘 듣지 않는다며 살짝 토라지기도 했지만 아이들은 색색깔의 클레이처럼 뭉쳐서 다시 예쁜 색을 냈다. 친구들이 갈 시간이 되었다. 아이들이 잘 가지고 노는 것을 나누었고, 나누기 위해 넉넉하게 가지고 있던 것들을 나누었다. 소소한 장식을 만들어 선물했다. 내 아이가 그랬던 것처럼 아이의 친구들도 덜 아쉬운 마음으로 즐겁게 돌아갔으면 했다. 내 아이가 나에게 그러는 것처럼 만든 것을 내게 선물하는 친구들이니까. 이모, 선물이에요. 유치원에 다닐 때에는 하원 시간이면 엄마들이 함께 기다리고 있었고, 줄을 서서 함께 나온 아이들은 그날 만든 것들을 손에 들고 와 선물하곤 했다. 종이로 만든 배지를 옷에 테이프로 붙여주거나 그림을 여러 개 그려와 그곳에 있는 엄마들에게 모두 나눠주기도 했다. 아이들을 보면 그냥 보기만 해도 웃음이 났다. 엄마이면서 아이 친구들에게 이모인 우리는 이모로 불릴 때 더 많이 웃기도 한다. 어떤 상황에 있건 엄마는 아이들을 보면 무장 해제되는 사람들인 것 같다. 나를 이모라고 불러주는 아이들이 집으로 돌아가고, 나를 엄마라고 부르는 아이가 잠든 밤. 미안해. 미안해. 미안해. 오늘의 초대를 위해 그렇게나 기다렸던 아이의 얼굴이 떠올랐다. 기대로 가득찬 아이의 가방을 어떻게 해도 만족시킬 수 없을 것 같아서. 작은 배려를 기쁘게 받아주는 아이들에게 미안해서. 더 잘해주지 못해서. 나는 사과를 하려고 엄마가 되었나보다.

채길우

2013년 『실천문학』을 통해 등단했다. 시집으로 『매듭법』이 있다.

꽃병

춘삼월 마당에 심어놓았던 부추
봄과 여름 새 어머니 아파
누구도 돌보지 않은 텃밭에
더위가 지나고 가을이 되는 동안
부추꽃이 피었다.

구월에 내려앉아
서툴도록 때이른 첫눈 같은
아름다운 흰 꽃을
나는 처음 보았다.

시퍼런 혈관 같은 얇은 풀을
야금야금 끊어 먹느라
여물면 해맑게 터지는 게 있는 줄
몰랐다.

웃자라 살을 벨 듯
날카롭고 길쭉한 잎새도
쓰다듬으면 한때 드세었으나
올이 순해진 머릿결만큼

하염없이 구부러졌다가
손을 떼자 새롭게 일어서는
초록의 탄력인 것을

그러나 그토록 싱싱했던 정수리 위로도
잿빛의 먼지와 시간이 체념으로 내려앉아
반짝이며 사라지는 표정 같은 얼음과 별빛으로 식은 채
다만 비좁은 텃밭 속에 갇혀버린
어긋난 계절의 시리고 눈부신 부산물로서

하얀 입원복 입고
맑은 창가에서 햇살 받아
녹아내릴 것 같은 어머니를
병실 문 살짝 열어 훔쳐보다가
모른 척 인사하고 들어가며

내가 잘라먹지 않았다면
막히지 않았을 저 핏줄을
내가 아니었다면
시들지 않았을 저 꽃을

한줌 따다

심장에 담아 어머니

머리말에 놓아둘 뿐이다.

애매미 소리

여름이 깊어진 조그만 텃밭 속에서
어머니는 이제 잘 살피지 않는다면
쉽게 알아보지 못할 만큼 작다.

키 높여 오른 옥수수와 해바라기와 무릎께로부터
울창한 참깻잎 도라지 사이에 꽃무늬 몸뻬 입고
쭈그려 앉은 어머니 등은 황톳빛 보호색에
숨죽여 울지도 않는 주름진 얼굴로
흙터 같은 눈망울을 끔벅이는 청개구리 같다.

그 뒤를 몰래 다가가 감싸안는다면
내게도 짙은 무늬가 번져 파란 물자국을 새겨놓으리라.

어머니는 어느새 이 비좁은 땅에서조차
스스로를 가둔 채 낡고 빽빽한 마지막
계절을 좀처럼 떠나려 하지 않는다.

아무도 해치지 못할 극미량의 독으로 흐르는 땀과
어디에 자랑할 수 없이 미소한 소출로서의
멍들고 비릿한 작물들을 씹어 삼키는

이토록 비루한 허기와 노동을 우리가 겨우
지켜낸 한 뙈기의 안전한 사랑이라 믿으며

씨앗처럼 잊혀진 우리는 서로의 서슬 퍼런 감옥 안에
들어 영원할 것 같은 하늘 아래 숨어서만 지낸다.

채호기

1988년 『창작과비평』을 통해 등단했다. 시집으로 『지독한 사랑』 『슬픈 게이』 『밤의 공중전화』 『수련』 『손가락이 뜨겁다』 『레슬링 질 수밖에 없는』 『검은 사슴은 이렇게 말했을 거다』 『줄무늬 비닐 커튼』이 있다. 김수영문학상, 현대시작품상을 수상했다.

어머니

— Etude no. 8

진흙 속에서
자갈 속에서 모래 속에서
눈 감고 아가리 닫은 채

당신을 압니다.
당신은 뚫리는 사람입니다.
당신은 미망입니다.

나무에서 사람이 걸어나옵니다.
물결과 물결 틈새에서 사람이 나옵니다.
당신은 걸어가는 사람입니다.

부질없는 것들을 흘려보내고
잘게 부서지는 물방울입니다.
가지에서 꽃들이 걸어나옵니다.

시간의 균열 속에서
한 숨이 전환합니다.
한 숨 돌리고 한 숨이 한숨짓습니다.

물결에서 물방울이 흘러갑니다.
꽃에서 꽃잎이 흘러나옵니다.
복사꽃 물에 떠 아득합니다.

당신은 없는 사람입니다.
없음이 짓는 미망입니다.
당신은 타오르는 가시덤불입니다.

속도와 직선

엄마는 미인이었다고 한다. 열여덟 살에 결혼해서 첫 아이를 낳았고, 스물아홉 살에 막내인 나를 낳았다. 엄마는 얼굴도 모른 채 아버지와 결혼했다. 한번은 집에 강도가 들었다. 아버지는 타지에 있었고, 형들은 학교에 다니느라 도시에 있었으며, 집에는 어린 누나와 나, 엄마 셋이었다. 낫을 든 두 명의 강도가 마루에 올라와 복면 쓴 얼굴만 보이게 방문을 열고 며칠 전 받은 아버지의 봉급 봉투를 내놓으라고 협박했다. 등에 낫의 뾰족한 끝이 닿는 순간에도 엄마는 봉투를 장롱 뒤로 집어던져 한 달 식비를 지켰다고 한다.

엄마에 대해 전해 들은 이야기다. 내가 직접 겪은 엄마는 군위군에 있는 국민학교에 교장 선생으로 부임한 아버지를 따라 학교 사택으로 이사할 때다. 이삿짐들은 트럭에 실어 미리 보냈고, 엄마와 나 둘만 밤에 낯선 정거장에 내렸다. 전날 비가 많이 온 탓에 강물이 불어 한 정거장 전에 우리를 내려주고 버스는 돌아갔다. 버스 정거장에서 마을은 불빛만 보였고, 길은 외진 산길이었다. 절개된 산 흙벽에 비치는 큰 그림자들이 무서웠다. 내가 네 살이었으니 엄마는 삼십 초반이었다. 어른다움으로 무장하였으나 잡은 손에서 엄마의 무서움이 고스란히 전해졌다. 치마를 걷어 고쟁이에 넣고 나를 업은 채 불어난 강물을 건넜는데, 엄마는 강물에 쓸려갈 것처럼 연약했다. 엄마의 따뜻한

등이 나를 보호하고 있었으나 엄마의 배꼽 위까지 넘실거리는 물결이 내 엉덩이를 차갑게 적시면서, 내 눈에는 검게 빛나며 빠르게 지나가는 쇳덩이의 속도, 그 구불거림에 빨려들어가 우리도 함께 속도가 될 것 같았다. 그게 엄마와 나의 첫 경험이었다. 병상에서 엄마가 마지막 숨을 경련하듯 내쉴 때, 우연히 엄마와 나 단둘이었던 순간, 이미 말은 할 수 없었던 깡마른 엄마의 얼굴에 깊게 꺼진, 나를 꿰뚫고 지나가던 큰 눈의 직선, 그게 나의 마지막 엄마였다.

최갑수

1997년 『문학동네』를 통해 등단했다. 시집으로 『단 한 번의 사랑』이 있다.

창가에 누군가의 얼굴이 있다

기차를 타고 백예린을 들으며
집으로 돌아간다
집에서 나와 집으로 간다

기차는 노을 속으로 달려간다
기차는 사라지기 위해 간다
그게 기차의 인생이다

창에 어떤 얼굴이 비치며 빠르게 스친다
내가 알던 얼굴이고 만나러 가던 얼굴이고 잊으려 하던 얼굴이다
그리워하던 얼굴이다

한참 멀리 있던 얼굴이라고 생각했는데
어느덧 가까이 와 있다
가을의 노을 앞에서 그걸 알았다
그나마 다행이라고 할 수 있을까

집에서 나와 집으로 가는 길
기차를 타고 가는 길

철길은 끝이 나고 기차는 호흡처럼 희미하게 멈출 것인데
그게 기차의 운명이라서 어쩔 수가 없다

노을 속으로 점점 희미해지는 기차를 타고
창으로 스치며 사라지는 얼굴을 바라보고 있다

지금 입술 밖으로 나온 사랑한다는 말은
마지막일 수도 있으니
당신을 향해 흩어지지 말았으면

항아리의 집

집을 떠나온 지 20년이 됐다. 아주 멀리 와서 새로운 집을 지었다. 두 집 사이에 500킬로미터의 거리가 있다. 자주 가지 못한다. 가끔 오며 가는 바람에 안부를 전해 듣는 게 다다.

500킬로미터 밖의 집에 노모가 살고 있다. 벽돌로 지은 이층집인데 이층 베란다에서 보는 새벽이 아주 푸르렀다. 들판 너머 다가오는 저녁은 더없이 붉은 노을과 함께 오곤 했다. 이 새벽과 저녁 사이에서 글을 쓰고 살다가 집을 떠나왔다. 벌써 20년이 됐는데, 아이가 셋인 거다.

가끔 노모를 찾는다. 다리가 아파 이층에는 오르지 못한다고 했다. 일층의 방에서 항아리처럼 살고 있다. 항아리는 다 내주고 퍼주어서 속이 텅텅 비었다. 속은 어둡고 쓸쓸하다. 항아리 속에 봄의 생기도 있었고, 푸르게 반짝이던 여름의 감나무 잎도 가득했던 시절이 있었다. 지금은 깊게 비어 있어 아무리 들여다보려고 해도 까마득하기만 하다. 그래서 내 마음이 검고 먹먹할 때가 많다.

항아리에 무얼 채워야 할까, 채울 수나 있을까. 항아리 속을 들여다보며 누군가의 이름을 불러보는데, 우리가 함께 살았던 푸른 새벽과 붉은 노을의 저녁에 대해 말해보는데, 내 목소리만 크게 울린다.

최
문
자

1982년 『현대문학』를 통해 등단했다. 시집으로 『나무 고아원』 『그녀는 믿는 버릇이 있다』 『사과 사이사이 새』 『파의 목소리』 『우리가 훔친 것들이 만발한다』 『해바라기밭의 리토르넬로』가 있다. 박두진문학상, 한국시인협회상, 신석초문학상, 한국서정시문학상, 이형기문학상 등을 수상했다.

엄마와 여름

그 여름
엄마는 몇 개의 마음을 만들었는데
지난봄에 먼저 가 있던 마음을 옆으로 밀어놓고
다른 마음을 만들었는데
엄마 혼자 만들었는데
왼손잡이 손으로 어설프게 만들었는데
은밀하게 고요하게 만들었는데

흰 달걀껍질처럼 엄마는 여름 내내 나의 팔을 잡아당겼다
땅을 파면 불쑥 나오는 생각이 되자고 그 여름 감자 몇 개는 뒤척이면서
여러 개의 눈이 생기고
엄마는 없다
엄마가 돼서 이제야 파보니
언덕이고 척박한 모래땅

오늘은
나도 마음이 모두 죽어버리는 날
가슴을 꿰맨 죽은 어머니의 마음과 나르키소스를 애도하는 호수가 보였지

여름 속에서
마음과 엄마는 초록이었다
초록을 옮길 수는 없었다

엄마가 운 적이 있었다

다섯 살 때였다고 전해 들었다. 그해 여름에 있었던 일이다. 나의 낙서 습관 때문에 엄마가 운 적이 있었다. 대문과 안채 사이에 중문이 있었는데 나는 사랑채에서 놀다가 먹을 갈고 창호지에 아버지처럼 글씨를 쓰고 그림을 그리며 한참을 놀았다. 그러다가 커다랗게 나 나름으로 대자보 한 장을 썼고 그림까지 그려서 그걸 중문에 밥풀로 붙여놓았다.

대자보의 내용은 이러했다. 여름이면 엄마는 폐결핵 요양차 원효로 한강 주변으로 피접을 나가 계셨다. 그 해 여름도 엄마가 피접 나간 사이 어느 날 아버지는 바느질 하러 와 있던 침모와 대청마루에서 같이 담배를 피웠다는 내용이었다. 당시 침모는 밖에 잘 나오지도 않고 침모방에서 비단을 자로 재거나 자르거나 하면서 재봉틀로 바느질만 했고 식사도 같이 한 적이 없었다. 침모가 안채 대청마루에 나와 아버지와 같이 앉아 있는 일, 더구나 같이 담배를 피운다는 것은 생각조차 못한 일이라서 어린 눈에도 이상하게 또는 부적절하게 보였을 것이라고 생각된다.

그 일로 나는 대청마루에서 두 손을 들고 오랜 시간 벌을 섰고 팔이 아파 울면서 용서를 빌었다. 그날 나도 울고 엄마도 울었다. 얼마 후 침모 아주머니는 우리집을 나갔고 그 이후 아무도 침모 아주머니 얘기를 하지도 묻지도 않았다.

최
지
인

2013년 『세계의 문학』을 통해 등단했다. 시집으로 『나는 벽에 붙어 잤다』 『일하고 일하고 사랑을 하고』, 동인 시집 『한 줄도 너를 잊지 못했다』가 있다. 창작동인 '뿔'로 활동중이다.

전망

일벌이 조화(造花) 사이를 헤매고 있다.

외삼촌은 겨우 스무 살 때 연탄가스를 마시고 죽었다. 일 년 전에는 외할아버지가 차에 치여 죽었다.

아버지는 백내장 진단을 받고 얼마 동안 금주했다. 병실에 잠든 아버지가 중얼거렸다. 잘못했다고, 나는 미안하다는 말을 달고 살았다. 아버지 곁에 앉아 한쪽 눈을 가렸다. 세상이 희미했다.

모래사장에 앉아 길게 뻗은 대교를 바라보며 생각에 잠겼다. 찰나의 기쁨과 오래된 슬픔이 파도에 일렁였다.

이전으로 돌아갈 수 없다.

나이든 여성이 더 나이든 여성을 돌보고 있다. 고모가 자리를 비운 틈에 할머니가 이마를 찧었다. 피가 나고 혹이 났다. 하필 왜 내가 없을 때 그랬어. 고모는 울다가 식구들에게 할머니를 맡기고 산에 갔다.

어머니, 송편 드세요. 내일이 추석이에요.

멧돼지가 선산 무덤을 파헤쳤다. 할아버지는 죽어서 불에 들기 싫다고 했다. 가묘를 쓰고 조금 더 살았다. 가는 길에 버섯을 따다 깨끗이 씻어 채반에 말렸다.

철판에 슨 녹을 벗겨냈다. 마당에 둘러앉아 깜깜해지도록 먹고 마셨다. 어느 사이에 나는 어미도 없고 아비도 없고 홀로 나서 주택가를 산책했다. 이렇게밖에 못 살고 죽나. 삶이 이렇구나. 밤이 말했다. 입이 쓰다.

어린 부부는 세 살배기를 데리고 동물원에 갔다. 아이가 울타리를 붙잡고 섰다. 그날 사진을 보면 죄다 빈 우리다. 고동색 코듀로이 바지를 입은 사내가 아이를 바라보고 있다.

세월이 지나고 다 까먹었다.

엄마가 탄 밥을 먹었다.

저번 봄에 심은 옥수수 낱알들이 비닐하우스 바닥에 널려 있었다.

시린 발

아버지는 전주에서 어머니는 익산에서 태어났다. 그곳에서 자랐고 돈 벌러 타지에 갔다가 고향 언저리로 돌아왔다.

그러는 동안 나는 외할머니 손에 자랐다. 외할머니 식당에 딸린 서너 평짜리 방에서 시간을 보냈다. 외할머니 음식은 맛이 좋았다. 나는 육개장과 고사리볶음을 좋아했다. 외할머니는 자주 단골손님과 술을 마시며 수다를 떨었다. 가끔 나도 소주를 한 모금 마시기도 했다. 어린아이가 술 마시는 걸 보고 손님들은 깔깔 웃으며 손뼉을 쳤다.

그곳은 외할머니가 세상을 떠난 뒤 사라졌다. 당뇨를 앓던 외할머니는 갑상샘에 악성 종양이 생겼다. 더는 버틸 수가 없었다. 내가 열네 살 때였다.

외할머니 영정 앞에서 통곡하는 어른들을 보며 '울어야 한다' 하고 속으로 되뇌었는데 눈물이 나지 않았다.

당신 발이 차다.

이제 내가 돌아갈 곳은 없다.

함
성
호

1990년 『문학과 사회』를 통해 등단했다. 시집으로 『56억 7천만년의 고독』 『성타즈마할』 『너무 아름다운 병』 『키르티무카』 『타지 않는 혀』가 있다.

엄마

얼걸이를 사오라 하면
얼갈이만 사오고

고등어를 사오라 하면
고등어만 사오는

내가

오마니는
못마땅하신 모양이다

하루가 모자란 밥상에
엄마는
차려지지 않는 결핍

「엄마」라는 시

어느 날 박용하 시인으로부터 문자가 왔다. 편지는 김종삼에 대한 짧은 내용이었는데 먼저 고종석의 글을 인용해놓고 있었다. "김종삼의 시가 박인환의 시에 견주어 덜 거북스럽게 읽히는 것은 그의 서양 취미가 박인환의 것보다 사뭇 익혀져 있는 듯 보이기 때문일 것이다. 기호에 대한 퍼스의 분류를 훔쳐오자면, 박인환의 박래어들이 대체로 도상(icon)이나 지표(index)에 그친 데 비해, 김종삼의 박래어들은 드물지 않게 상징(symbol)에 이르렀다. 김종삼은 외국 이름이나 외래어들을 그러다 붙이며 제 교양이나 취향을 드러내는 데 그치지 않고, 거기 의지해 정서적 확장과 공명을 이뤄내는 데 자주 성공했다. 말하자면 김종삼은 그 고유명사들을 장악하고 있었다." 그리고 박용하는 고종석의 견해에 대해, 맞는 얘기지만 김종삼은 모국어에 대해서도 그렇다며, 나에게 「엄마」라는 시를 읽어보길 권하고 있었다. 그 시의 끝은 "엄만 죽지 않는 계단"이었다. 그 시에서 '엄마'는 멈출 수 없는 희망, 끝없는 희생, 천국의 계단이었을까?

황유원

2013년 『문학동네』를 통해 등단했다. 시집으로 『세상의 모든 최대화』 『이 왕관이 나는 마음에 드네』 『초자연적 3D 프린팅』이 있다. 김수영문학상, 대한민국예술원 젊은예술가상을 수상했다.

작은 종들

더르바르 광장의 어느 루프탑 식당
난간에 일렬로 매달린
작은
종들

바람 불면 잠시 맑은 소릴 지르다
바람 자면 다시
침묵

꼭 대지진 때 어미 잃은
강아지들 같지만
어미 배에 일렬로 매달린 작은
젖꼭지들 같기도 한
작은
종들

작은 종은 겨우 작은 종의 울음 울 수 있을
뿐이지만
어떤 날은 작게 울다 그치는 것만으로도 그만
숨이 차

작은 종들에게도 분명 불면의 밤은 있겠지
작은 종들이 지새우는 밤이
큰 종들이 지새우는 밤보다 덜
어둡다고만은 할 수
없을 거야

이른 아침 혼자 옥상에 올라 듣는 작은
종소리
듣다보면 내 귓속에도 주르르 작은
종들이 매달려
내 작은 마음도 하늘에 나름 길게 울려
퍼질 줄 알게 되고

그러다 그만 사라질 줄도
알게 된다

젖 먹던 힘 다해 하늘에 흘려 쓰는
흰
젖 같은 소리로

어느 옥상에서 작은 종들이

그동안 인도와 네팔을 여행하며 정말 많은 사진과 동영상을 찍었다. 찍고 나서 다시 찾아본 적은 많지 않은데, 그럼에도 어떤 장면들은 가끔 머릿속에 생생히 떠오르곤 한다. 신기하게도 가장 자주 떠오르는 것은 길거리에서 본 어미 개와 강아지들의 모습이다.

사진은 올드 델리의 어느 길거리에서 찍은 것으로 기억한다. 어미 개가 주황색 머플러를 두르고 네 쌍의 젖을 거의 다 드러낸 채 시멘트바닥에 ㄷ자로 드러누워 잠들어 있고, ㄷ자의 움푹한 공간 안에는 이루 말할 수 없이 꼬질꼬질한 강아지 두 마리가 몸을 말고 잠들어 있다. 옆에는 빈 담뱃갑 같은 쓰레기들이 아무렇게나 버려져 있는데, 그들은 전혀 신경쓰지 않고 잠들어 있다. 그런 것에 마지막으로 신경쓴 지가 언제인지는 기억도 나지 않는다는 듯이. 그렇게 누워 무슨 꿈을 꾸고 있었을지 상상하면, 상상하자마자 머릿속이 아득해져 곧장 상상을 접게 된다.

동영상은 바라나시의 방갈리 토라에서 찍은 것. 커다란 시바링감이 세 개나 모셔진 고목 앞에 검은 개가 꼬리를 들어올린 채 동상처럼 우뚝 서 있다. 그리고 그 아래에 검은 강아지 두 마리와 갈색 강아지 세 마리가 달라붙어 열심히 젖을 빨고 있다. 마치 어미가 급수대라도 된다는 듯이. 어미는 동상처럼 굳은 자세를 유지하며 좀처럼 움직이지 못한다. 마치 조금만 움직여도 새끼들이 젖을 먹는 데 큰 방해가 되기라도 할 거라는 듯이.

나는 그곳을 여행하며 그런 어미와 새끼들의 모습을 숱하게 보아왔다. 오죽했으면 아직 대지진의 흔적이 고스란히 남아 있는 더르바르 광장의 어느 옥상에서 작은 종들이 바람에 흔들리며 내는 소리를 듣고 그 어미들과 강아지들을 떠올렸을까. 작은 종들의 울음이 아직도 귓가에 울리며 오늘도 나의 밤을 들쑤셔놓는다.

마음과 엄마는 초록이었다
—'엄마'를 부르는 마흔 편의 시, 마흔 편의 산문

초판 1쇄 인쇄 2022년 9월 30일
초판 1쇄 발행 2022년 10월 8일

엮은이 | 오은
지은이 | 권민경 외 39인
펴낸이 | 김민정
책임편집 | 유성원
편집 | 김동휘 권현승
디자인 | 이효진
마케팅 | 정민호 이숙재 김도윤 한민아 정진아 이민경 정유선 김수인
브랜딩 | 함유지 함근아 김희숙 고보미 박민재 박진희 정승민
제작 | 강신은 김동욱 임현식
제작처 | 영신사

펴낸곳 | (주)난다
출판등록 | 2016년 8월 25일 제406-2016-000108호
주소 | 10881 경기도 파주시 회동길 210
전자우편 | nandatoogo@gmail.com 페이스북 @nandaisart 인스타그램 @nandaisart
문의전화 | 031) 955-8865(편집), 031) 955-2696(마케팅), 031) 955-8855(팩스)

ISBN 979-11-91859-34-8 03810

* 이 책은 경기문화재단이 주관한 2022년 제1회 경기 시 축제 〈시경(詩京): 시가 있는 경기〉의 일환으로 발간되었습니다.
* 난다는 (주)문학동네의 계열사입니다.
* 잘못된 책은 구입하신 서점에서 교환해드립니다. 기타 교환 문의: 031-955-2661, 3580